1

pto

Sue Limb

15 ANS
Charmante mais cinglée

Traduit de l'anglais par Laetitia Devaux

Gallimard

À, et pour être tout à fait honnête,
dans une certaine mesure *par* Betsy Vriend

Loi n° 49-956 du 16 juillet 1949
sur les publications destinées à la jeunesse
Maquette couverture : Clément Chassagnard
PAO : Françoise Pham
Imprimé en Italie par L.E.G.O. Spa - Lavis (TN)
Prémier Dépôt légal : mai 2012
Dépôt légal : février 2013
N° d'édition : 253315
ISBN : 978-2-07-050861-7

Titre original : *Girl, 15 charming but Insane*
Édition originale publiée en Grande-Bretagne
par Bloomsbury Publishing Plc, Londres, 2004

Un obèse va s'asseoir à côté de vous dans le bus, et il ne s'est pas lavé depuis Noël. 1

Un nez, des yeux, une bouche. Jess dessinait sur sa main au lieu d'expliquer par écrit « les raisons pour lesquelles le roi Charles Ier était impopulaire ». Mais elle était bien trop occupée à reproduire le beau Ben Jones. Un soupçon de Leonardo Di Caprio, une pincée de Prince William, une touche de Brad Pitt... Malheureusement, au final, ça ressemblait davantage à un iguane qu'à Ben Jones.

Pour rattraper le coup, elle écrivit sous le tatouage : « Ben Jones ou iguane ? » puis toussa au rythme du dernier single de Justin Timberlake afin de signaler à son amie Flora qu'elle souhaitait établir la communication. Flora leva les yeux de la table voisine, et Jess lui montra son tatouage. Flora sourit sans conviction, jeta un coup d'œil furtif à miss Dingle et se remit aussitôt au travail.

Miss Dingle – Jingle pour ses fans – décocha à Jess un regard furieux.

– Jess Jorrrdan ! Vous avez un prrroblème ?

– Oh miss, si vous saviez tous les problèmes que j'ai ! soupira Jess en rabattant aussitôt sa manche sur le tatouage de Ben Jones l'iguane. Ma maison détruite dans un incendie, un terrible héritage génétique, un cul gros comme une chaîne de montagnes...

Quelques élèves gloussèrent.

– Rrremettez-vous au trrravail, aboya miss Dingle d'un air sévère en roulant les R, comme toujours. Si vous employiez autant d'énerrrgie à rédiger vos devoirrrs d'histoirrre qu'à essayer de vous amuser, vous serrriez la prrremièrrre de la classe plutôt que son cancrrre ! Si vous ne rrréagissez pas, c'est votrrre vie que vous allez gâcher ! En plus de ça, vous faites l'intérrressante !

Tout le monde se cacha derrière sa feuille pour rire. Avec discrétion, bien sûr. Mais la classe entière était secouée de ricanements. Miss Dingle utilisait toujours un argot désuet, le mot « cancre » par exemple.

– Quant à vous autrrres, reprit-elle, taisez-vous et continuez votrrre liste de rrraisons. À moins que vous ne vouliez rrrester aprrrès les courrrs ! J'ai trrrès envie de mettrrre une rrretenue générrrale ! Alors ne poussez pas le bouchon trrrop loin ! Je peux trrrès bien sorrtirrr l'arrrme suprrrême !

Il y eut un bruit d'explosion étouffée quand tout le monde se mordit les amygdales pour ne pas rire, mais juste après, la classe fut saisie d'une frénésie de gribouillage : personne n'avait envie de se taper une heure de colle. Jess attrapa son dictionnaire pour faire sérieux et tourna les pages dans l'espoir d'y trouver un gros mot. Soudain, elle eut l'idée de le consulter comme un oracle. Poser une question, puis ouvrir une page au hasard et y découvrir la réponse. Elle ferma les yeux et se concentra sur : « Sortirai-je un jour avec Ben Jones ? »

Son doigt s'arrêta sur « Persil : plante potagère courante très utilisée en cuisine. » Pas très encourageant... Mais peut-être qu'il y avait là un sens caché. Peut-être qu'on pouvait charmer un garçon en se frottant du persil derrière l'oreille, ou bien saupoudrer l'intérieur de son pantalon de persil haché pendant qu'il se baignait.

Tout à coup, Jess croisa le regard de Jingle. Attention, danger ! Alors elle recopia à toute vitesse le titre du devoir : « Les raisons pour lesquelles le roi Charles Ier était impopulaire ». La réponse se trouvait dans le chapitre six de son livre d'histoire, dont elle se mit à observer les illustrations. Charles Ier avait le regard terne, voire lugubre, et un bouc bien taillé.

Flora lui avait dit qu'il ne mesurait qu'un mètre cinquante. Un gnome du *Seigneur des Anneaux*, en somme... En plus, il avait été décapité. Jamais agréable, mais quand on n'est pas grand c'est encore pire!

Jess jeta un coup d'œil à Flora, qui écrivait si vite que tout son corps tremblait. Elle avait déjà rempli trois pages. Si Jess voulait la rattraper, elle avait intérêt à s'y mettre dare-dare. Elle attrapa son stylo et laissa filer son imagination. Ce qui ne lui valait jamais rien de bon.

Raisons pour lesquelles le roi Charles Ier
était impopulaire :

1. Il ne changeait jamais de culotte.

2. Il refusait de grandir.

3. Il avait édicté une loi disant que toute personne plus haute que lui devait avoir les jambes coupées.

4. Il faisait du bruit en mangeant sa soupe.

5. Il mettait ses pets en bouteille pour les vendre aux touristes.

Puis l'inspiration de Jess se tarit et ses pensées revinrent à Ben Jones. Elle s'imagina voler un peu d'ADN au prince William et à Brad Pitt : elle adorerait fabriquer une potion magique avec ça. Avec une goutte d'ADN, une patte de crapaud et un œil de triton, elle n'aurait aucun mal à créer un sosie de Ben

Jones, juste au cas où le vrai se révèle impraticable. Elle jeta un regard langoureux au tatouage de l'iguane. Elle adorerait porter ses enfants. Ou couver ses œufs, allez savoir.

Elle entama une nouvelle liste :

Raisons pour lesquelles Ben Jones est populaire :

(sujet beaucoup plus facile que celui du roi Charles Ier)

1. Cheveux doux comme du gazon (ah, si seulement on pouvait pique-niquer dessus...

2. Yeux si bleus qu'on s'y baignerait (finira en catalogue de voyages).

3. Sourire angélique capable de faire fondre la banquise.

4. Parle peu, ce qui lui évite d'être nul ou énervant.

5. Dégage mystère et charisme.

La cloche sonna, et un grand soupir de soulagement monta dans la salle. Tout le monde posa son stylo, bâilla et s'étira. Tiffany, une brunette un peu boulotte aux sourcils épais se tourna vers Jess et lui glissa :

– Tu n'as pas oublié ma fête, demain soir, j'espère. T'as intérêt à venir !

– Bon d'accord. Je comptais rester chez moi pour raccommoder des chaussettes, mais je veux bien faire cet effort.

Les parents de Tiffany étaient riches. Tout du moins par rapport à ceux de Jess, laquelle attendait avec impatience de boire du champagne et de faire de la balançoire sur les lustres.

La meilleure amie de Jess, la déesse Flora, était la seule à ne pas avoir terminé son devoir. Tandis qu'elle écrivait plus vite que jamais, son casque de cheveux blonds étincelait. La moindre de ses pellicules aurait rendu la vue à un aveugle et la vie à un insecte écrabouillé.

Flora termina sa phrase dans un grand geste et rejeta sa chevelure en arrière, ce qui projeta un halo de lumière tout autour d'elle. Puis elle se tourna vers Jess en souriant. Laquelle pensa : « Heureusement que cette superbe salope hyper-douée est ma meilleure amie, sinon je la tuerais. »

– Jess Jorrrdan ! tonitrua miss Dingle par-dessus le vacarme des élèves qui rangeaient leurs affaires. Venez me montrrrer votrrre devoirrr, je vous prrrie !

Vous allez ouvrir un sachet de cacahuètes en public avec beaucoup trop de panache. 2

L'heure de colle se passa plutôt bien. Jess réussit à remplir cinq pages en écrivant gros. Miss Dingle semblait préoccupée. Elle tentait visiblement de rédiger quelque chose, et elle n'arrêtait pas de froisser sa feuille. Peut-être qu'elle voulait passer une petite annonce de rencontre...

Prof d'histoirrre, 38 ans mais en parrraissant 57, cheveux grrras, genoux cagneux, roule les R, cherrrche homme pourrr badminton et bagatelle.

Cela dit, si Jess avait dû rédiger une petite annonce, le résultat n'aurait pas été vraiment mieux.

Quinze ans, charmante mais cinglée, gros cul, oreilles en chou-fleur, cherche... cherche... euh... Ben Jones et sinon, une burqa pour cacher ses difformités.

Quand Jess rendit son devoir, miss Jingle lui fit longuement la morale en disant qu'elle était intelligente, qu'elle pourrait bien faire si seulement elle voulait, qu'elle ne se donnait pas les moyens de réussir et que tous ses profs en étaient très tristes. Jess les imagina réunis dans leur salle pour pleurer sur son sort. À croire Jingle, personne n'avait jamais à ce point compromis son avenir. En soi, c'était presque un exploit. « Dommage qu'il n'y ait pas de médaille pour résultats décevants, pensa Jess. Parce qu'elle serait pour moi... »

– Sachez, Jess, continuait Jingle en fronçant les sourcils, que sous vos insolences, je ne doute pas qu'il y ait une élève sérrrieuse qui tente de bien fairrre. Pensez à combien vos parrrents serrraient fierrrs si vous rrréalisiez votrrre potentiel. Alorrrs filez, mais attention, je vais attendrrre des signes de prrrogrrrès.

Jess acquiesça en essayant de prendre un air consterné et coupable, et quitta la salle.

Tout à coup, elle eut envie de voir son père. Si au moins il habitait dans la même ville! Mais trois cents kilomètres, ça faisait loin pour passer dire bonjour après le lycée. Certes, il lui envoyait chaque jour un « horreurscope » délirant, il n'empêche qu'elle ne l'avait pas vu depuis des mois.

Les parents de Jess s'étaient séparés peu après sa naissance, sans doute à cause du choc dû à son apparition. D'après les photos, elle était aussi appétissante qu'un pudding de Noël moisi. Peut-être qu'ils se l'étaient mutuellement jetée à la figure… En tout cas, peu de temps après, son père était parti vivre en Cornouailles : le plus près possible de la mer sans avoir carrément les pieds dedans.

Fred Parsons était assis sur le muret devant le lycée, sa capuche sur la tête. Avec ses grands yeux, on aurait dit un hibou. Jess lui retira sa capuche. Ses longs cheveux emmêlés lui tombaient dans le cou. Quand on a les cheveux fins, il vaut mieux les avoir courts, mais Fred aimait cette allure de poète victorien, trouvant que ça lui donnait l'air d'un intellectuel.

– Chez le coiffeur, tout de suite ! mugit Jess à la manière d'un sergent. (C'étaient ses premiers mots dès qu'elle voyait Fred.) Descends de ce mur, tiens-toi droit, le regard vers l'horizon ! On dirait le Bossu de Notre-Dame !

– Miss Jess Jordan, l'accueillit Fred en retirant son casque de walkman. Comment était l'heure de colle ? Agréable, j'espère. Jingle a-t-elle sorrrti l'arrrme suprrrême ?

– Très agréable, merci. J'ai presque envie d'y retourner. Je l'ai aidée à rédiger une petite annonce de rencontre, et on est devenues les meilleures amies du monde. Inséparables, ou presque.

– À propos, ne crois pas que je t'attendais. J'étais juste trop fatigué pour rentrer à pied. Peut-être même que je vais dormir ici. Comme ça, je gagnerai du temps demain matin.

Mais Jess savait que Fred l'attendait : ils rentraient toujours ensemble. Ils étaient amis depuis l'âge de trois ans. Ils s'étaient connus au square le jour où il lui avait lancé son ballon gonflable à la figure.

– Je passe chez Flora, tu m'accompagnes ? lui proposa Jess.

– D'accord, mais je reste dehors. Je refuse d'entrer chez les Barclay. Je préférerais voir ma mère danser nue devant le lycée.

Il fallait dire que chez Flora, c'était toujours un peu intimidant. Tout y était plus beau qu'au paradis. Flora, Freya et Felicity, les trois sœurs, étaient toutes blondes. La mère était blonde. Le père était blond. Le chien était blond. Même les tapis étaient blonds. Du coup, il fallait laisser ses chaussures dans l'entrée et se balader en chaussettes.

– Si on faisait un film sur nos vies, qui jouerait le rôle de Flora ? demanda Jess.

– Britney Spears, répondit aussitôt Fred.

Jess se sentit blessée par la promptitude de sa réplique.

– Et moi ? poursuivit-elle, espérant qu'il réponde Christina Ricci ou Catherine Zeta-Jones.

– Toi ? fit Fred, étonné, comme si l'idée même de Jess dans un film était une erreur de casting. Euh, euh... Mike Myers en travesti ?

Jess se mit à lui donner des coups sur la tête et les épaules avec sa bouteille d'eau.

– Oh oui, de la violence ! s'écria Fred. J'adore !

– Très bien, dans ce cas, je ne te frapperai plus jamais, dit-elle en lançant sa bouteille dans une poubelle.

Car Jess avait beau être capable de violence, elle était par ailleurs bien élevée, et jamais elle n'aurait jeté quelque chose en pleine rue. Dans sa chambre, c'était une autre histoire.

Ils arrivèrent chez Flora, qui habitait dans une grande et élégante bâtisse blanche au perron entouré de buis bien taillés dans leurs magnifiques pots. Par mystère, les oiseaux ne faisaient jamais leurs besoins chez elle. Encore un signe que les Barclay appartenaient à la caste des élus. À deux rues de là, chez Jess, c'était très différent. Les chiens errants faisaient la queue pour venir se soulager dans son jardin.

– Accompagne-moi, Fred, murmura Jess. Je t'en supplie ! Le père de Flora me terrifie. Juste une minute. Tu pourras lui parler de trucs de mec, genre voitures, foot, des choses comme ça. Il suffit que tu enlèves tes chaussures. T'inquiète pas, c'est pas comme ça que tu vas perdre ta virginité.

Mais Fred fut catégorique :

– Je préférerais qu'on m'arrache les poils du nez un par un plutôt que de passer trente secondes dans un tel endroit. Et puis, mes chaussettes sentent le camembert au lait cru oublié sur un radiateur.

Jess resta donc seule devant la porte tandis que Fred battait en retraite vers la rue. Elle fit une dernière tentative.

– Qu'est-ce que tu fais demain soir ? Il y a une fête chez Tiffany. Tu viens ?

– Pas question ! J'ai prévu de passer la soirée sur mon canapé devant un film d'horreur.

Jess fut déçue. Fred n'était vraiment pas un fêtard. Résignée, elle sonna chez Flora. Fred s'accroupit alors dans la rue et imita un orang-outang. Quand il jeta un dernier coup d'œil derrière lui, Jess faisait saillir ses lèvres, se grattait les aisselles et poussait des cris de chimpanzé.

C'est à cet instant que le père de Flora ouvrit la porte.

Jess se sentait toujours mal à l'aise en sa présence. Il était grand, jovial et terrifiant. Il faisait peur à tout le monde. À sa femme. À ses filles. À son chien. Jusqu'à ses tapis.

– On enlève ses chaussures, s'il te plaît, Jess. Alors, comment était le cours de français ?

– De français ? bafouilla Jess en voyant Flora gesticuler derrière son père. Elle essaya de répondre dans cette langue, et lâcha un : « *très belle* », comprenant trop tard son erreur. Mais le père de Flora ne semblait pas y prêter attention.

– Excuse-moi, fit-il. Je suis en train de commander des baignoires à Turin.

Il reprit son téléphone et se mit à parler italien à grand renfort de gestes qui semblaient inutiles à Jess. Quel frimeur ! Au moins, son père ne la ramenait pas. Le geste le plus osé qu'il ait jamais eu, ça avait été de lui envoyer un petit dessin de mouette. Elle aurait préféré de l'argent, mais se consolait en se disant que son père était un artiste maudit...

– Entre, Jess, invita la mère de Flora.

Les deux filles s'avancèrent dans le salon.

– Je leur ai raconté que tu prenais des cours de français, lui souffla Flora. Pour qu'ils ne pensent pas que tu as une mauvaise influence sur moi.

– Jess ! Je suis ravie de te voir ! l'accueillit une Mrs Barclay vautrée sur le canapé en peignoir de satin gris perle dans une posture digne d'une star de cinéma des années 30, occupée à se faire sécher les ongles en soufflant dessus avec ses lèvres maquillées de rose. Excuse le désordre.

Jess chercha en vain où était le désordre. Les Barclay devaient ignorer la signification de ce mot. S'il y avait eu aux jeux Olympiques une épreuve appelée

« Foutre le bordel », la famille de Flora aurait dû s'exercer pendant des mois rien que pour acquérir les bases. Et même après un tel entraînement, ne pas rincer sa brosse à dents aurait sans doute encore été considéré chez eux comme bordélique.

– Excuse aussi mon *déshabillé*, reprit la mère de Flora. (Jess supposa que ce terme faisait référence à son peignoir. Ah, si elle avait réellement étudié le français... Je sors du bain, Henry et moi allons à l'opéra ce soir. Tu dois être fatiguée après ton cours de français. Flora, prépare un chocolat chaud à cette pauvre Jess. Viens t'asseoir près de moi, ma chérie, et détends-toi. Tu veux un sandwich ? Comment va ta mère ?

– Très bien, merci.

Jess préférait rester aussi discrète que possible sur la question.

– Je l'ai vue à la bibliothèque hier, roucoula la mère de Flora en inspectant avec satisfaction le vernis sur ses ongles. J'ai rendu mes romans policiers en retard, mais elle m'a pardonné.

Jess se força à sourire. Avoir une mère bibliothécaire était une torture : tout le monde la croisait avec ses chaussures tristes, ses lunettes ringardes et ses tenues de hippie. Certains jours, elle oubliait même de se coiffer. Alors que ça devait être génial d'avoir une mère comme celle de Flora qui l'appelait « ma chérie ». La mère de Jess ne lui disait « ma chérie » que lorsqu'elle allait lui annoncer une mauvaise nouvelle ou qu'elle voulait se faire pardonner un acte innommable.

Et puis, ça devait être formidable d'avoir des sœurs. Freya, l'aînée, étudiait les maths à Oxford, option « accéder au stade suprême de la divinité » (le but de la famille). Felicity, la plus jeune, était un génie de la musique. Elle jouait de la flûte. Jess l'entendait s'exercer dans sa chambre. Elle s'occupait aussi des colombes du jardin qui venaient à la fenêtre manger une délicate nourriture dans ses délicates mains. Jess n'avait ni frère ni sœur, juste un vieil ours en peluche qui s'appelait Raspoutine.

Les parents de Flora partirent s'habiller, et Flora prépara à Jess un sandwich au fromage fondu et aux cornichons. Son préféré. Flora avait souvent des égards de ce genre pour son amie. Parfois, Jess avait l'impression que Flora s'occupait plus d'elle que sa propre mère.

– Je suis amoureuse du roi Charles Ier, soupira Flora.

– Flora, il n'est pas pour toi, la sermonna Jess. Penses-y : rien que la différence d'âge. Il a quand même trois cents ans de plus que toi. Ça va faire jaser ! Et puis, il n'a plus de tête ! Et de toute façon, même s'il en avait une, il ne t'arriverait pas à la cheville !

– Quelle vie tragique que la sienne, reprit Flora, qui adorait les histoires qui finissaient mal.

Mais Jess réussit à la convaincre qu'à la fête de Tiffany, il y aurait peut-être un garçon qui ressemblerait au roi Charles Ier. Ou au moins un garçon qui venait de se faire casser la gueule, ou bien se remettait d'une grave maladie.

Seul problème majeur : que mettre ? Les filles n'avaient que vingt-quatre heures pour trouver une tenue. Elles décidèrent donc de passer la matinée du lendemain à faire les magasins. Cette situation gravissime nécessitait un acte héroïque. Elles se donnèrent donc rendez-vous à dix heures, ce qui, pour Jess, était encore le milieu de la nuit.

Vénus est amnésique et Mercure en opposition avec Prozac. Alors, rien à craindre du loup-garou dans le placard. 3

Le père de Jess lui avait envoyé son « horreur-scope » du jour, mais Jess n'était pas du tout effrayée par le loup-garou dans le placard.

Elle avait un souci bien plus grave : la taille de son derrière, qu'elle observait dans les immenses miroirs de la cabine d'essayage où elle enfilait un pantalon léopard moulant. Avait-elle l'air énorme là-dedans? Oui, sans aucun doute!

Le derrière de Jess était semblable à une chaîne de montagnes. Le matin, le soleil finissait par surgir sur les hautes crêtes – quand il faisait beau. D'énormes oiseaux de proie nichaient dans ses pics escarpés et chassaient à l'ombre de ses falaises. Ce qui n'aurait pas été très grave si l'ensemble avait été contrebalancé par une belle et grosse poitrine. Jennifer Lopez, Britney Spears et Serena Williams bénéficiaient toutes de cet agréable équilibre. En revanche, chez

Jess, ses seins ne compensaient pas du tout ses fesses : son torse ressemblait à ces mornes plaines où l'on a prévu de construire un aéroport.

« Si seulement un chirurgien esthétique de génie pouvait prélever une tranche de mon cul pour la transplanter sur ma poitrine, on ferait affaire tous les deux… » Jess serait alors dotée d'un décolleté majestueux. Quel gâchis d'avoir tout ça dans son jean quand même… Cela dit, une tenue adéquate pouvait cacher les aspects inélégants d'une silhouette et en souligner les qualités. Mais certainement pas un pantalon léopard moulant. De toute façon, qui avait déjà vu un léopard arpenter les mornes plaines ? Ces animaux étaient plutôt du genre à se propulser de façon aérodynamique à travers les collines…

– Flora, quel est mon meilleur atout ? demanda Jess.

Flora était en train de s'admirer dans un adorable petit top rose. Un anneau scintillait effrontément dans son nombril au-dessus de son jean gris taille basse. Elle était divine. Son père ignorait qu'elle s'était fait percer le nombril. Si jamais il découvrait ça, il construirait une tour en pierre de ses propres mains pour l'y enfermer jusqu'à ses trente ans. Si c'était ça avoir un père, autant que le père de Jess vive loin !

– Ton meilleur atout ? hésita Flora.

« Mon Dieu ! pensa Jess. Elle ne trouve rien ! »

– Tu as… des yeux, un cou et des oreilles fantastiques… Et… tu es géniale de partout, Jess, tu es toute mignonne !

– Mais j'ai des fesses qui ressemblent à des sœurs siamoises ! gémit Jess. Elles me suivent partout et se coincent dans les embrasures de porte !

– Mais ton cul est génial ! s'écria Flora d'une voix un soupçon trop aiguë. J'aimerais avoir un cul digne de ce nom ! Moi, je ressemble à un garçon.

Flora ressemblait autant à un garçon qu'un garçon ressemblait à une boîte de chocolats, laquelle ressemblait à un steak haché… Jess soupira.

Trois heures plus tard, après avoir essayé environ deux cent cinquante articles, elle opta pour un décolleté noir plongeant et une jupe qui ressemblait à un châle.

– Tendance bohémienne, décréta Flora d'un ton approbateur. Tu es époustouflante, ma chérie. Ben Jones te verra d'un tout autre œil. Dès que tu vas faire ton apparition, la flèche de Cupidon va lui transpercer le cœur.

Mr. Fothergill leur avait fait étudier Cupidon en cours de littérature. Les deux filles avaient bien essayé de se sentir transpercées par la flèche de Mr. Fothergill, mais il était vraiment trop gros et suant. Autant vouloir tomber amoureuse d'un hippopotame…

Jess doutait que Ben Jones flashe sur elle malgré son décolleté plongeant et sa jupe bohémienne. La vie était trop injuste. Toutes les filles flashaient sur Ben Jones, quoi qu'il mette. À part Flora, qui disait préférer son meilleur ami, Mackenzie, un petit brun.

« C'est biologique, expliquait-elle. Les blondes ne s'intéressent pas aux blonds. C'est pour favoriser les croisements génétiques. »

Jess n'était pas convaincue. D'autant que dans la famille de Flora, tout le monde était blond. Peut-être qu'en fait, Flora était elle aussi amoureuse de Ben Jones, mais qu'elle n'osait pas le dire parce que Jess était dingue de lui. Loyal. Mais aussi un peu gênant. Car si Flora étouffait son amour pour Ben Jones à cause de son amie, ça rajoutait à ses déjà très nombreuses qualités un côté grand seigneur dont elle n'avait nul besoin.

Jess rentra chez elle se préparer. Comment allait-elle réussir un tel exploit en six heures seulement? Flora avait regagné son palais où sa grand-mère – à tous les coups une proche de la reine – lui offrirait quelques pépites d'or en prenant un thé accompagné de délicieux petits gâteaux. Chez Jess, seule une pile de vaisselle sale l'attendait. Sa mère était encore partie manifester contre la guerre. Comme tous les samedis. Elle avait toujours une guerre à laquelle s'opposer. Cela n'intéressait guère Jess, mais au moins, ça occupait sa mère et ça ne coûtait pas cher. Tant qu'elle ne se mettait pas à danser pour la paix à la télé. Nue. Le pire cauchemar de Jess.

Cela dit, avoir une mère folle de manifs, ça permettait de surfer tranquillement sur le net sans subir les reproches du genre : « Éteins ça tout de suite ! On va avoir une facture aussi longue que mon bras ! » Elle fila sur les sites de lingerie. En un instant, elle se retrouva dans un monde étrange de soutiens-gorge rembourrés, non avec des coussins en coton, mais des sachets d'eau ou de silicone.

« Les courbes sont créées grâce à du silicone injecté dans un sac en polyuréthane semblable à la peau. Ce matériau développé grâce à la recherche spatiale est extrêmement bien toléré. » La recherche spatiale ? Jess se demanda quel effet ça ferait de ne plus être soumise aux lois de la gravité. Ses seins ne risquaient-ils pas de partir dans tous les sens ? De toute façon, Jess n'aimait pas l'espace. Elle préférait de loin avoir les deux pieds sur terre.

« Dieu merci, je suis d'un signe de Terre ». Flora, en fille angélique et éthérée, était d'un signe d'Air, évidemment. Aucune importance. Car ce dont Jess avait besoin à l'instant, c'était juste d'un peu d'eau. Elle courut à la cuisine, où elle dénicha les petits sacs en plastique dont se servent les mères pour mettre les sandwichs de leurs enfants. Tout du moins les mères assez mères pour leur préparer des sandwichs, contrairement à Madeleine Jordan, occupée à manifester contre la guerre pendant que sa fille meurt de faim à la maison.

Jess remplit un sachet d'eau, le noua puis mit un élastique supplémentaire par sécurité. Et le tripota. Ça ressemblait vraiment à un sein. Malgré son évident manque de connaissance approfondie de la question... Heureusement qu'elle avait vu plein de clips sur MTV !

En revanche, pour l'eau, elle n'était pas très sûre. Et si ça faisait floc floc ? Et si ça fuyait ? Jess frémit à l'idée de flaques en train de se former à ses pieds. Une réputation d'incontinente la poursuivrait pendant des années...

Et pourquoi pas une substance moins liquide que de l'eau ? Jess inspecta le placard de la cuisine jusqu'à ce que ses yeux s'arrêtent sur une boîte de soupe. Du minestrone !

Transvaser le minestrone dans les sacs fut laborieux, mais un quart d'heure plus tard, Jess avait des seins. Génial ! Elle pouvait aller danser, maintenant. Elle n'avait plus qu'à monter dans son carrosse, ou à défaut, le bus 109 qui la déposerait devant chez Tiffany. Il lui restait à peine quatre heures et demie pour s'épiler les sourcils.

Vous allez jeter avec l'eau du bain le bébé qu'on vous a confié. 4

Dès son arrivée chez Tiffany, Jess se retrouva face à Ben Jones. Avec sa tête de plus que tout le monde, il avait vraiment un petit air de Brad Pitt.

– Euh... t'as pas vu Mackenzie? demanda-t-il d'une voix traînante et sexy.

– Non. J'arrive juste. Peut-être que...

Mais Ben Jones s'était déjà envolé. Il avait beau parler lentement, il se déplaçait à la vitesse de l'éclair. Sans avoir eu le temps de remarquer ni ses seins ni sa jupe bohémienne. Cela dit, il faisait noir et il y avait plein de monde. Peut-être le moment magique aurait-il lieu plus tard, comme l'avait prédit Flora, lorsque Ben croiserait le regard de Jess à l'autre bout de la pièce pleine de monde et comprendrait enfin... Une partie de la prédiction s'était déjà réalisée : la pièce était vraiment bondée.

Tiffany habitait un ancien manoir divisé en appartements, dont le sien occupait presque tout le rez-de-chaussée. Le salon était aussi grand que la moitié du gymnase au lycée. La cuisine avait un immense plafond. Jess y trouva Flora en train de picorer délicatement une pizza au milieu d'un aréopage de garçons. Elle avait les paupières couvertes de paillettes. Chaque fois qu'elle clignait des yeux, elle projetait des éclairs dorés.

– Mais où tu as trouvé ça? lui souffla Jess, stupéfaite.

– C'est ma grand-mère qui me les a offertes! Elle était d'humeur festive aujourd'hui! Incroyable, non? Mais ça pèse tellement lourd sur mes paupières que j'ai l'impression que je vais devoir aller me coucher tout de suite.

Tout autour d'elle, les garçons manquèrent de se pâmer à cette idée. Ils se seraient battus pour la mettre au lit et lui raconter une histoire.

– Je crois que je vais devoir tout enlever, soupira Flora.

Nouveau frisson chez ces messieurs.

– Mais non, elle parlait de ses paillettes, c'est tout! Vous affolez pas! les calma Jess.

Personne n'avait remarqué ses seins. Jess se demanda si elle devait en être heureuse ou furieuse. Elle en conclut que c'était aussi bien ainsi. Sauf qu'elle commençait à sentir le minestrone : malgré les effluves du Calvin Klein de sa mère, elle percevait nettement une odeur de soupe. Le doute la saisit. Si elle sentait la soupe, cela signifiait qu'il y avait une fuite... Elle baissa courageusement les yeux vers ses seins. Ouf, pas de problème apparent.

Flora rejeta la tête en arrière et battit de ses paupières dorées en direction du plafond.

– Cette cuisine est vraiment incroyable ! s'extasia-t-elle. Ça doit être très ancien, ici. On dirait un palais. J'imagine une princesse en train de prendre un chocolat chaud après le bal en racontant sa soirée à sa servante.

Jess soupçonnait Flora de se prendre – dans ses rêves les plus secrets – pour la réincarnation de la princesse Diana. Chose impossible cependant, dans la mesure où Flora était née avant la mort de la princesse.

La rumeur se répandit qu'on projetait un « film X » dans une chambre, et les garçons s'y précipitèrent.

– Tu crois à la réincarnation ? lança Jess.

– Je ne sais pas. Et toi ?

– Oh oui. Je suis sûre d'avoir vécu en Égypte dans une vie précédente. J'étais une crotte de scarabée.

– Oh, j'adore l'Égypte ancienne ! s'exclama Flora. Je rêverais d'avoir une perruque noire pour aller à une fête déguisée en Cléopâtre.

Jess se sentit presque vexée. La brune, c'était elle. Flora était une déesse blonde. Ça ne lui suffisait pas? Mais à l'instant où Jess allait commencer à détester son amie, cette dernière lui prépara un sandwich au fromage et aux cornichons.

– Tu as remarqué quelque chose chez moi? demanda Jess en dévorant son sandwich.

– Tes cheveux! Tes cheveux sont géniaux! Comment tu as réussi à les faire tenir comme ça?

– Mais non, pas mes cheveux.

Flora promena son regard sur son amie.

– Oh mon Dieu, tes collants! Fantastiques! Trop bien, les résilles! Très *chic parisien*!

– Mais non, pas mes collants, espèce d'aveugle! glapit Jess. Mes seins!

Flora examina la poitrine de Jess.

– Ils sont parfaits! Je ne vois vraiment pas de quoi tu t'inquiètes. Ils sont juste à la bonne taille.

Jess se sentit profondément déprimée. Flora n'avait même pas vu la différence. Elle décida de ne pas avouer à son amie l'astuce des sacs de soupe. Après tout, c'était un secret entre elle et ses seins, les bien célèbres Bonnie and Clyde.

Jess parlait souvent à ses seins, leur disant des trucs du genre : « Allez, poussez un peu, espèce de bons à rien! » Mais seulement quand elle était seule. Leur nom s'était imposé de lui-même. La mère de Jess ne voulait pas d'animal de compagnie. Le grand avantage des seins par rapport à un chien, c'est qu'il n'y a pas besoin de les promener. Chaque fois que Jess allait s'acheter un nouveau rouge à lèvres, Bonnie and Clyde l'accompagnaient, point final.

Mais ce soir-là, c'était leur première grande sortie.

Le sandwich terminé, les deux amies revinrent dans le salon, où du rap s'échappait des énormes baffles de Tiffany. Ben Jones n'avait peut-être pas remarqué les seins de Jess, même Flora ne s'en était pas aperçue, en revanche, ils n'avaient pas échappé à Whizzer.

Whizzer (William Izard pour sa famille) était plus âgé qu'elles. Il jouait au foot avec une énergie de démon. Il était plutôt brusque, et il avait une réputation d'obsédé. Il apparut devant Jess d'un air brusque et obsédé et interrompit les filles en emmenant Jess danser.

Ce n'était pas la gracieuse invitation dont elle rêvait, mais elle accepta quand même. Alors qu'ils se trémoussaient, Whizzer ne quittait pas ses seins du regard. Jess commença à regretter de ne pas avoir mis un pull avec un col, disons jusqu'aux sourcils. Mais surtout de ne pas s'être entraînée à danser devant son miroir. Elle avait peur que ses seins lui échappent, surtout Bonnie, qui commençait à se décaler vers le centre. Jess craignait aussi qu'à force d'être violemment secouée, la soupe se mette à bouillir...

Du coin de l'œil, elle aperçut Flora en compagnie de Mackenzie, le copain de Ben Jones. Il avait beau être petit, il était plutôt mignon pour un bouledogue. Mais c'était, de toute la fête, celui qui ressemblait le plus à Charles Ier. Jess se demanda s'il avait des tourments secrets – une chose qui pouvait sûrement s'arranger. Et si Flora sortait avec lui, Jess pourrait peut-être sortir avec Ben Jones. Mais pour commencer, elle devait se débarrasser de Whizzer.

À la fin du morceau, alors qu'elle essayait de s'éclipser en direction de la cuisine, Whizzer la prit dans ses bras et lui enfouit la langue jusqu'au fond de la gorge. Jess était dégoûtée. Il puait la cigarette, en plus ! Et puis, peut-être que Ben Jones était en train de regarder. Elle se débattit. Car comment s'excuser poliment auprès d'un type qui a sa langue à mi-chemin de votre estomac ? Les héroïnes de romans classiques n'avaient jamais ce genre de problème...

La situation empira. Tout en continuant à l'embrasser, Whizzer la plaqua contre le mur, puis s'empara de son sein gauche (Bonnie) et serra. Il y eut une explosion, et un jet de minestrone tiède partit en direction de son visage à lui. Stupéfait, Whizzer lâcha Bonnie et essuya son menton plein de soupe. Jess en profita pour s'échapper. Il y avait des toilettes dans le couloir avec une pancarte « Femmes » sur la porte.

Les toilettes des garçons portaient l'inscription « Femmelettes » et se trouvaient dans la salle de bains des parents de Tiffany.

Jess s'engouffra chez les filles et ferma le verrou. Il y avait des toilettes, un lavabo et une étagère sous un immense miroir orné de feuillage. Jess ne prit pas le temps d'admirer les lieux. Elle se débarrassa de son soutien-gorge en se tortillant et retira les sacs de minestrone. Le gauche, transpercé par le désir de Whizzer, avait giclé sur Bonnie. Elle jeta les sacs dans les toilettes et entreprit de nettoyer ses seins couverts de carottes, de tomates et de macaronis.

– Je suis désolée, Bonnie, s'excusa-t-elle, mais c'est aussi votre faute. Si Clyde et toi aviez fait preuve de responsabilité en grossissant, jamais je n'aurais eu l'idée de mettre ces machins !

Elle nettoya son soutien-gorge, puis le remit. Il y avait des sensations plus agréables qu'un soutien-gorge détrempé. Quoiqu'une culotte mouillée, c'était sans doute pas mal aussi. Un peu de soupe nageait à la surface des toilettes, comme si quelqu'un avait été malade. Cette idée donna instantanément envie de vomir à Jess, qui se changea aussitôt les idées en s'imaginant en train de faire des courses de Noël à New York. Elle n'était jamais allée à New York, mais ce fantasme court-circuitait efficacement la nausée. Elle ferma les yeux et tira à nouveau la chasse.

Rhabillée, quoiqu'un peu humide, elle était maintenant prête à tenter une sortie. S'il y avait eu une fenêtre, elle se serait enfuie par là. Heureusement, les toilettes se trouvaient près de la porte d'entrée. Son mascara avait coulé. Aucune importance. Dans deux secondes, elle serait dans la rue. Saine et sauve.

Elle ouvrit la porte, sortit la tête, et tomba sur Ben Jones.

– Ah, Jess... Je te cherchais..., dit-il avec un étrange sourire.

Il savait ! Tout le monde savait ! L'annonce de la catastrophe avait déjà fait le tour de la fête !

– Désolée ! Je dois rentrer tout de suite, ma mère vient de m'appeler, elle est malade.

Jess repoussa Ben Jones avec trop d'empressement pour profiter du contact fugace de son T-shirt sur ses mains, puis se précipita dans la rue. Heureusement, il ne la suivit pas. Jess voulait être seule. Mais elle risquait vraiment de rencontrer quelqu'un à l'arrêt du bus, juste à côté de chez Tiffany. Et comble de malchance, à vouloir faire la fille sexy, elle avait mis des talons hyper-hauts. Elle rentra chez elle à pied en se dandidant.

« Quel cauchemar, pensa-t-elle en atteignant enfin sa porte. Je ne vois vraiment pas ce qui pourrait m'arriver de pire. »

Cette nuit, la fée Carabosse va remplir vos baskets de bouse de vache . 5

En ouvrant la porte, Jess découvrit sa mère dans le couloir. Avec une drôle d'expression sur le visage. Jess connaissait cet air. Sa mère faisait la même tête le jour où elle avait cassé la poupée en porcelaine de Jess. Par mégarde, évidemment. Madeleine Jordan n'avait rien d'une sadique, elle était maladroite, voilà tout. Et ce soir-là, elle avait le regard fuyant ainsi qu'un petit air coupable. Comme un chien qui a fait pipi sur le tapis mais qui espère quand même que personne ne s'en apercevra.

– Qu'est-ce qu'il y a ? demanda Jess.

Dans ce genre de moments, il vaut toujours mieux prendre l'initiative.

– Tu rentres de bonne heure. Tout va bien ?

– La fête était nulle. Et ces chaussures me tuent les pieds. J'ai besoin d'un bon bain.

Jess retira ses talons hauts et partit vers sa chambre pour se consoler avec Eminem en poster, ainsi que Raspoutine, son vieil ours en peluche.

La chambre de Jess était la seule chose parfaite dans sa vie. Elle se trouvait au rez-de-chaussée, face au jardin. Jess s'y sentait totalement chez elle. Personne ne pouvait voir ce qui s'y passait. Et elle était calme, sauf si on demandait à Eminem de sortir de sa boîte. Ultime détail, Jess avait eu le droit de peindre les murs en rouge.

Mais sa mère lui barra le chemin avec un geste brutal. Jess grogna :

– Qu'est-ce qu'il y a ?

Sa mère, pacifiste convaincue quand il s'agissait de relations internationales, était toujours sur le pied de guerre à la maison.

– Une grande nouvelle ! sourit-elle, mais son sourire se fendilla aussitôt.

Quelle grande nouvelle ? L'imagination débordante de Jess démarra aussitôt. Un détenu en fuite venu déféquer dans son tiroir de lingerie ?

– Mamy vient habiter chez nous, dit sa mère.

Elle dit ça très vite, si bien que Jess entendit « Mamyvienthabitercheznous ». Comme si prononcer ces mots à toute allure permettait de minimiser leur portée.

Jess réfléchit aux conséquences. Elle adorait sa grand-mère. Bon d'accord, celle-ci était un peu obsédée par la mort et faisait parfois sa commère. Et elle était casse-pieds quand elle radotait, surtout quand elle se lançait dans le sujet : « Terribles opérations chirurgicales de son entourage ». Et surtout le chapitre : « Atroces accidents et incendies qui avaient marqué son enfance tragique ». Mais si mamy venait vivre avec elles, l'avantage c'est que Jess ne serait plus obligée de lui rendre visite dans sa vieille baraque qui puait le haddock.

– Cool. Maintenant, puis-je accéder à ma chambre, maman ?

Mais sa mère continuait à lui barrer le chemin.

– Ma chérie...

C'était vraiment sérieux ! Sa mère ne l'appelait jamais ma chérie, sauf quand elle avait à lui annoncer la mort de quelqu'un ou une nouvelle guerre.

– Je suis vraiment désolée, Jess, mais on va devoir lui donner ta chambre.

– Lui donner ma chambre ?! explosa Jess. Mais il y a une pièce vide en haut !

– Oui, ma chérie mais, vois-tu, mamy a du mal à monter les marches. Depuis la mort de grand-père, et surtout depuis sa chute. Et sa maison est désormais trop grande pour qu'elle y reste seule.

Jess était pétrifiée d'horreur. Sa chambre adorée ! Qu'elle avait aménagée exactement comme elle le voulait ! Son nid parfait !

– Mamy doit habiter au rez-de-chaussée, ma chérie. Comme ça, elle pourra aller aux W.-C. du bas. Et on va aménager le vieil abri à charbon en cabinet de toilettes.

Jess était trop en colère pour prononcer le moindre mot. Quoique.

– Et je suis censée dormir où? lâcha-t-elle. Sur le trottoir?

– Ne dis pas n'importe quoi. Dans la pièce vide de l'étage.

La mère de Jess occupait la plus belle chambre au premier, une grande chambre, et elle s'était fait un bureau dans la deuxième pièce la plus agréable qui était remplie d'étagères, de meubles de rangement et d'une immense table. Laquelle croulait sous les dossiers. Son bureau était le PC de la campagne locale contre la guerre. Il contenait des piles et des piles de tracts pacifistes. Ainsi que les banderoles que sa mère brandissait à chaque manifestation. La troisième et dernière pièce était minuscule. À peine plus grande qu'un placard : un vrai trou de souris. Il y avait juste la place pour un lit. Et encore. Jess aurait les jambes qui dépasseraient par la fenêtre, ou alors la tête sur le palier.

– Et pourquoi je ne prendrais pas ton bureau? protesta-t-elle.

– Jess, ma chérie, j'en ai besoin. C'est trop important. Tu sais que je dois continuer ma campagne en faveur de la paix. C'est pour les générations futures que je fais ça. Pour que tu aies un avenir. Pour que la guerre cesse.

– Eh bien moi, j'adore la guerre ! explosa Jess, folle de rage. Je trouve ça génial ! Après le lycée, je m'engagerai dans l'armée et je tuerai le plus de gens possible ! Alors maintenant, laisse-moi entrer dans ma chambre pour ce qui est peut-être la dernière fois ! hurla-t-elle en se dégageant de l'étreinte de sa mère.

Mais que s'était-il passé là ?

Ses tiroirs étaient grands ouverts, et ses vêtements en vrac dans des sacs en plastique. Les posters d'Eminem avaient été décrochés. Ce n'était déjà plus sa chambre. Expulsion de Jess.

– C'est à croire qu'une bombe a explosé là-dedans, ma parole ! s'époumona-t-elle.

D'habitude, c'était sa mère qui utilisait cette expression pour parler du désordre dans sa chambre. Une petite vengeance, qui n'apaisa en rien sa colère.

– Si tu avais vu une chambre réellement détruite par une bombe, tu n'en parlerais pas à la légère ! hurla sa mère pour la faire culpabiliser. J'ai commencé à ranger tes affaires, car mamy arrive demain, c'est tout. Sa voisine m'a appelée ce soir. Elle s'est luxé le genou, et ça sera beaucoup plus facile de s'occuper d'elle ici.

– C'est bon, c'est bon, j'ai compris ! fit Jess en attrapant son jean, un T-shirt, un sweat, des chaussettes chaudes et ses baskets qu'elle fourra dans un sac.

– Oh, merci, fit sa mère. Tu es un amour, Jess. Si on s'y met toutes les deux, on n'en a pas pour longtemps.

– Tu ne comprends rien ! tempêta Jess. Comme tu peux le constater, je m'en vais ! Prends ma chambre ! Je ne te dérangerai pas une seconde de plus !

Et elle franchit le seuil d'un pas furieux en claquant la porte. Puis elle partit en courant pieds nus dans ses collants résille et ne s'arrêta sous un abribus que pour enfiler ses chaussettes et ses baskets. Qu'elle mit directement sur ses collants. D'un point de vue style, à partir des genoux, c'était un désastre. Il lui fallait maintenant trouver un endroit pour enfiler son jean. Et puis, son soutien-gorge était encore humide. Elle rêvait de l'arracher, mais impossible en pleine rue. Un vrai cauchemar.

Elle avait des ampoules aux pieds à cause de ses chaussures de soirée. Mais avec les chaussettes, c'était déjà plus supportable. Elle remonta la rue en boitant. Tout au bout, il y avait une grande avenue avec des boutiques et des toilettes publiques. Là-bas, elle pourrait finir de s'habiller. Et peut-être même s'installer, pourquoi pas ? Auparavant, où aller ? Chez Flora attendre son retour ? Si seulement les parents de Flora voulaient bien l'adopter... Si seulement un gentil et très riche vieux monsieur la recueillait chez lui, comme dans un roman victorien...

Le problème c'est que de nos jours, ça faisait un peu pervers. Eh bien, une gentille et très riche vieille dame... Une réalisatrice de cinéma. Une Américaine d'Hollywood qui lui dirait : « Je peux t'obtenir de grands rôles. Pour commencer, j'ai besoin de quelqu'un pour donner la réplique à Brad Pitt. Mais oui, pas de problème, on peut te refaire les seins. Choisis ceux que tu veux dans ce catalogue. Je possède une maison au bord de l'océan où tu auras ta suite avec balcon privé pour prendre ton petit déjeuner : jus d'oranges californiennes fraîchement pressées et muffins grillés avec des oiseaux bleu turquoise qui chanteront dans les citronniers. Et comme je n'ai pas d'enfants, Jess, tu seras mon héritière. »

Jess atteignit les toilettes. Fermées.

Vous avez dormi la bouche ouverte et une famille de perce-oreilles en a profité pour s'y glisser . 6

Que faire ? Impossible d'appeler Flora : Jess ne voulait plus jamais entendre parler de la pire fête de sa vie. Elle avait bien trop peur d'entendre les blagues sur ses seins et sa nouvelle méthode de conservation de soupe. Peut-être était-ce le moment de partir vivre en Australie ou d'entamer une carrière de clocharde ? En attendant, il faisait froid et Jess avait faim. Et besoin d'aller aux toilettes. Ce n'était pas la première fois qu'elle regrettait de ne pas être un chien. Celui de Brad Pitt, de préférence.

Tout à coup, elle eut une idée : Fred. Il habitait juste à côté, et il avait dit qu'il passerait la soirée sur son canapé devant un film d'horreur. Au moins, il ne serait pas au courant de l'humiliation qu'elle venait de subir. Et puis, il avait une salle de bains. Jess courut jusqu'à chez lui. Quand il ouvrit la porte, il avait les cheveux ébouriffés et les traits tirés à force de regarder la télévision. Mais il eut l'air content de la voir.

– Mes parents sont partis se bourrer la gueule avec le dessein de creuser prématurément leur tombe, déclara-t-il.

Il la fit entrer et lui proposa un café.

– Dans une minute. Mais d'abord, je t'en supplie, laisse-moi me changer dans ta salle de bains. Et s'il te plaît, est-ce que je pourrais prendre une douche ?

– Bien sûr. Vu ma réputation à tenir d'être repoussant, je ne suis moi-même pas familier de l'hygiène. Mais il me semble qu'il y a une douche dans la salle de bains, et je crois qu'elle fonctionne.

Jamais une maison n'avait paru à Jess si bien chauffée, si agréable, si moderne et si propre. La salle de bains était parfaite. Jess prit une longue et merveilleuse douche. Chaque particule de minestrone fut chassée de son corps et disparut à jamais par la bonde. L'odeur de soupe fut remplacée par celle du gel douche à la menthe et au thé vert. Jess se lava les cheveux avec un shampooing aux soucis et à l'ortie puis leur appliqua un démêlant au chèvrefeuille et à l'églantine. Elle avait l'impression d'être un jardin à elle toute seule.

Puis elle essaya toutes les crèmes et lotions de la mère de Fred. C'était formidable de fouiller dans les affaires de quelqu'un d'autre. Elle trouva aussi des médicaments prescrits au père de Fred et se demanda s'il s'agissait d'une maladie vaguement honteuse. Pas de chance, il n'y avait pas la moindre indication sur la boîte.

Ça devait faire bizarre d'avoir un homme à la maison. Jess n'avait jamais vécu avec son père, même quelques jours, depuis qu'il était parti habiter Saint-Ives, de nombreuses années auparavant. Mais il revenait parfois en ville voir des amis, et il en profitait pour rendre visite à sa fille. À la pensée des comprimés solitaires de son père dans une salle de bains, elle se sentit tout à coup triste. « Mr. Tim Jordan, trois comprimés le matin. » Et s'il tombait raide mort dans son atelier ? Le retrouverait-on un jour ? Une larme roula le long du nez de Jess. Et hop, un petit coup de syndrome prémenstruel ça... Et demain, ce serait pire. Elle fondrait en larmes rien qu'au son d'une berceuse ou d'une pub pour du pain complet.

Elle mit enfin des vêtements chauds. Mais pas de soutien-gorge, car elle n'avait pas eu le temps d'en attraper un autre chez elle, et elle revint au salon. Fred regardait toujours son film.

– Désolé, j'en ai pour cinq minutes, j'ai trop envie de revoir ce massacre. La scène de décapitation dans le supermarché est géniale.

– Pourquoi les garçons adorent-ils les trucs violents et macho ? Un individu normal m'offrirait un en-cas au lieu de se vautrer devant des horreurs dont tu dis toi-même que tu les connais par cœur!

Fred appuya sur la télécommande, et l'écran s'éteignit. La pièce fut soudain très calme.

– Alors, comment était la fête?

Jess soupira.

– Nulle. Je me suis humiliée de façon absolument pas racontable, je suis rentrée chez moi en boitant à cause de chaussures conçues par un sadique misogyne, et j'ai appris que ma mère me virait de ma chambre parce que ma grand-mère vient habiter chez nous à partir de genre, demain matin. Je suis à la rue.

– Tu trouves que ce sont des problèmes? fit Fred. Ce soir, mes parents ont commis un acte suicidaire avec des pesticides dans l'abri de jardin. Ils ont laissé un mot pour dire que je n'étais pas vraiment leur fils, mais un être qui leur a été confié par Satan en 1987. Peu après six heures et demie, ma jambe gauche a été prise de gangrène, elle est tombée, et mes oreilles ont commencé à cracher des bactéries qui vont détruire la planète. Et pire que tout, la pizza est périmée.

Jess commençait à se sentir mieux. Elle inspecta la cuisine de Fred et se rendit compte qu'il mentait au sujet de la pizza. Laquelle était parfaitement et divinement fraîche avec un soupçon de pepperoni, juste comme elle l'aimait.

– Désolé, reconnut-il, c'était une excuse. J'ai eu la

flemme de la mettre au four, alors je me suis fait un sandwich au beurre de cacahuètes.

– Espèce de mâle fainéant, inutile, paresseux et exploiteur! (Au fil des années, Jess avait puisé dans le vocabulaire de sa mère quelques insultes très utiles. Et dès qu'elle était avec Fred, elle en profitait pour sortir ces expressions vieux jeu.) Voilà comment on allume un four. Même si je ne m'attends pas à ce que tu comprennes du premier coup.

Elle tourna le bouton et, vingt minutes plus tard, ils dégustaient une pizza croustillante en buvant du jus d'orange fraîchement pressé. Puis ils s'installèrent chacun sur un canapé du salon pour regarder MTV.

Les parents de Fred finirent par rentrer. Et ils n'avaient pas du tout l'air ivre. Jess en fut soulagée. Le père de Fred apparut en premier.

– Bonjour, fit-il de l'étrange ton monocorde d'un pasteur. Quel est le score?

– Je suis désolée, fit Jess en se redressant et en prenant une expression des plus innocentes. Je me suis un peu disputée avec ma mère, alors j'ai trouvé refuge sous votre toit. Veuillez m'excuser de vous imposer ma présence.

Le père de Fred lui décocha un long regard perplexe.

– Je voulais juste savoir quel était le score.

– Au foot, expliqua Fred en lançant la télécommande à son père.

Une seconde plus tard, le bruit du match rendit toute conversation impossible. Jess se réfugia dans la cuisine, où elle entendait la mère de Fred ranger.

Jess s'excusa d'avoir mangé de la pizza, d'avoir mis tout ce bazar, et la remercia pour son hospitalité. Elle avait été élevée par une femme qui croyait en la politesse avec plus de passion qu'un catholique en Dieu. « Au secours, pensait Jess tout en continuant à se confondre en excuses. J'espère que j'ai remis tous ses produits de beauté et ses crèmes au bon endroit. »

La mère de Fred était toujours chaleureuse. Avec ses cheveux bouclés, on aurait dit un ours en peluche.

– Tu es la bienvenue, Jess. C'est gentil de tenir compagnie à Fred. Tu veux passer la nuit ici ? Tu peux prendre la chambre de Fred, il dormira sur le canapé.

– Vraiment ? Parce que j'ai eu une super engueulade avec ma mère, et je ne me sens pas capable de l'affronter ce soir.

– D'accord, mais si elle ne sait pas où tu es, il faut qu'on lui téléphone. Ne t'en fais pas, Jess, c'est moi qui lui parlerai.

En quelques secondes, l'affaire était réglée. La mère de Jess fut rassurée sans que sa fille ait besoin de s'expliquer, de vivre un supplice ou de s'excuser. Elle remercia la mère de Fred avec effusion. Raspoutine mis à part, il n'y avait pas meilleure consolatrice sur terre.

– Vous êtes si gentille ! se répandit Jess.

– Mais non, Jess, c'est vraiment un plaisir de t'avoir ici. Et ta mère est quelqu'un de merveilleux.

Jess resta bouche bée. Sa mère, quelqu'un de merveilleux ? La mère de Fred aurait-elle les neurones déconnectés ou confondait-elle avec la mère de Flora ?

– Elle est un modèle pour nous tous, reprit-elle en préparant à Jess un chocolat chaud sans même lui demander si elle en avait envie : une sainte. Elle est toujours si dynamique et si positive, et elle s'efforce vraiment de rendre le monde meilleur. Et elle est si mince.

Jess n'en revenait pas. Que sa mère soit l'idole de la communauté et en plus, jolie dans le genre squelettique... Mais elle décida de savourer cette joie. Elle savait que sa mère était une vieille chauve-souris puante et poilue, mais les relations publiques étant essentielles dans le monde moderne, il était parfaitement inutile que l'horrible vérité éclate au grand jour. En tant que fille d'une dynamique, positive et jolie activiste politique, Jess était la bienvenue chez Fred. À quoi bon protester ?

Une heure plus tard, Jess était dans le lit de Fred. Sa mère avait insisté pour lui mettre des draps propres et lui prêter un pyjama appartenant à Fred.

– Je te donnerais volontiers l'un des miens, expliqua-t-elle, mais je n'en mets pas...

Jess étouffa un cri. L'idée que les parents de Fred dorment nus lui semblait atroce. Elle espéra que leur nudité nocturne serait cependant silencieuse.

Fred semblait ravi de passer la nuit sur le canapé dans un sac de couchage. Il y avait des films d'horreur particulièrement effrayants tard dans la nuit : des films interdits aux moins de dix-huit ans et aux plus de quarante ans, qui plus est estampillés « Bandeau sur les yeux et bouchons d'oreille obligatoires ».

Jess eut du mal à s'endormir. Elle se demanda comment elle se serait débrouillée dans les toilettes publiques si celles-ci avaient été ouvertes. Et puis, c'était troublant de dormir dans le lit de Fred. Et bizarrement excitant de porter son pyjama, même si Jess n'avait jamais songé à lui en tant que petit ami potentiel.

Ah, si la mère de Ben Jones lui avait réservé le même accueil... si Jess dormait un jour dans le pyjama de Ben, elle ne se laverait plus jamais. Elle ne le retirerait plus jamais. Elle le porterait le restant de ses jours, même quand elle serait vieille. Mais inutile de penser à Ben Jones. Depuis qu'il avait assisté à son humiliation, il la rangeait certainement dans le groupe des pauvres idiotes. Comme le reste du lycée, d'ailleurs.

Aujourd'hui la Lune est en Uranus et Vénus se transforme en menthol. Il y a donc toutes les chances pour qu'un berger allemand pisse sur votre sac. 7

Jess marchait dans une rue bondée, et tout le monde la dévisageait. Tout à coup, elle se rendit compte qu'elle était en soutien-gorge : elle ne portait ni T-shirt ni pull. Les hommes lorgnaient sur elle, et tout le monde se moquait. Elle était rouge de honte. Brusquement, une bouche d'égout s'ouvrait au milieu du trottoir et Fred surgissait en lui tendant la main.

« Viens, vite ! » lui lançait-il, et Jess sautait. La bouche se refermait sur eux. Fred ne la lâchait pas. Ils couraient main dans la main sur une grande plage où l'océan grondait. Des oiseaux piquaient dans le ciel et un arc-en-ciel dansait au-dessus des embruns.

« On va voir le Tigre ! » hurlait Fred.

Jess ignorait ce qu'il voulait dire, mais elle se serrait fort contre lui. Sa main était chaude.

Elle se réveilla en sursaut.

L'espace d'une seconde, elle sentit la main de Fred dans la sienne, puis cette impression se dissipa. Elle était dans la chambre de Fred face à un immense poster de guerre intergalactique. Bienvenue dans l'univers de la testostérone. Il était huit heures du matin. Chez elle, elle se serait rendormie pour quatre heures : son cadeau du dimanche matin. Mais elle entendit du bruit au rez-de-chaussée, alors elle se leva et s'habilla.

La mère de Fred était en train de préparer du thé.

– Un thé, Jess ? Une gaufre ?

– Une gaufre ? Oh oui, merci. Comme j'adorerais vivre ici ! Vous ne cherchez pas une pensionnaire, par hasard ?

La mère de Fred éclata de rire.

– On va manger dans la cuisine car Fred dort encore sur le canapé. (Elle alla refermer la porte.) Il dort la bouche grande ouverte, comme s'il chantait. Tu as déjà vu Fred dormir ?

– Oh oui, souvent. N'oubliez pas qu'on est ensemble en cours de français, d'anglais et d'histoire, plaisanta Jess.

Il y avait une ambiance chaleureuse dans la cuisine. Un chat somnolait sur le panier à linge près de la fenêtre. Le jardin était baigné de soleil.

– J'adore cette période de l'année, déclara la mère de Fred en déposant d'une main experte une gaufre sur une assiette et en tendant le sirop d'érable à Jess.

L'été, il y a des fleurs partout, et le jour se lève tôt. Bientôt les grandes vacances, n'est-ce pas?

Jess acquiesça. Les adultes adoraient l'été, les fleurs, etc. La mère de Jess s'extasiait même sur ses haricots. Et quand venait le moment de récolter les pommes de terre, elle rentrait les mains pleines de boue avec un sourire extatique. Peut-être tout simplement parce qu'il n'y avait pas d'homme dans sa vie.

Jess se demanda quel effet ça ferait d'avoir un beau-père. Elle s'était souvent imaginé en trouver un riche, sauf qu'un homme riche ne s'intéresserait jamais à sa mère : c'était le genre de femme à n'être admirée que par les autres femmes. Elle ne s'épilait même pas les sourcils, si bien qu'on aurait dit une haie en plein vent.

Et puis, Jess n'avait pas envie d'un type qui contrôle tout comme le père de Flora. Celui de Fred avait l'air correct. Grand, ours, câlin, passionné de foot. Pouvait-on espérer mieux de la part d'un mâle? Quelle horreur que d'être un homme... Rien qu'imaginer un stade de football plein de supporters déprimait Jess, sans parler des refrains qu'ils devaient entonner le dimanche. Apparemment, tous les hommes adoraient le sport. Sauf son père.

Cela faisait longtemps qu'elle ne l'avait pas vu, mais il viendrait pendant les vacances. Il était tout le contraire du père de Fred : mince, anxieux et pas du tout câlin. Les rares fois où elle le voyait, il l'embrassait avec application, comme s'il venait de lire le manuel *Comment aborder votre enfant* et qu'il craignait de mal faire. Que cet incapable soit pardonné.

La gaufre était délicieuse. La mère de Fred – un ange – lui en proposa une autre.

– Non, merci, fit Jess. Il faut que je rentre tout préparer avant l'arrivée de ma grand-mère. Je dois déménager ma chambre...

– C'est un coup dur, compatit la mère de Fred. Mais pense à tous les avantages que tu vas en tirer. Ta mère va se sentir tellement coupable qu'elle n'osera plus te refuser quoi que ce soit!

Jess n'avait pas vu la situation sous cet angle. C'était une intéressante vision des choses. Elle remercia la mère de Fred avec effusion, et elles gagnèrent l'entrée sur la pointe des pieds en faisant halte à la porte du salon. Fred dormait profondément, à moitié hors de son sac de couchage, mais il n'avait plus la bouche ouverte : il suçait son pouce. « Mon Dieu, pensa Jess, comme c'est mignon! »

– Je t'en supplie, ne le dis à personne, murmura sa mère. Il serait furieux.

Jess parcourut à pied les cinq minutes qui la séparaient de chez elle, mais à chaque pas elle sentait sa bonne humeur la quitter pour laisser place à une terrible angoisse. Elle se demanda comment elle allait mettre toutes ses affaires dans le minuscule placard à balais. Ses immenses posters d'Eminem, de Foo Fighters et d'Incubus allaient devoir rester roulés sous le lit. Et ses vêtements ? Il n'y avait même pas de penderie, juste une petite commode à peine assez grande pour des habits de Barbie.

Et ses poupées Barbie ! Ses vingt-huit poupées Barbie ! Elle n'y avait pas joué depuis des années, bien sûr. Et même plus encore. Elles étaient reléguées dans un immense carton sous son lit. Jess les gardait pour sa fille (qu'elle aurait grâce à la procréation assistée, évidemment, ou par clonage, car aucun homme ne voudrait jamais l'épouser). Mais elle avait beau ne plus y jouer, elle refusait de s'en séparer. Ses poupées Barbie faisaient partie intégrante de son passé.

Le placard à balais. Une chambre taille cercueil : Jess allait tout simplement s'enterrer vivante. Peut-être qu'elle ne pourrait même pas garder ses Barbie. Dans ce cas, elle ferait un immense feu dans le jardin où elle brûlerait ses vêtements et ses vieux jouets (sauf Raspoutine, qui tenait davantage du gourou et du coach que du jouet). Elle brûlerait ses CD et son lecteur CD, tous ses produits de maquillage. Elle se raserait les cheveux et les brûlerait aussi. Elle ne porterait plus qu'un pyjama chinois et dormirait sur un mince matelas de jonc dans le placard à balais. Le seul objet de la pièce serait un saladier en porcelaine blanche empli de ses larmes. Et là, tout le monde serait bien embêté.

Quand elle arriva chez elle, elle avait l'estomac noué. Elle regrettait d'avoir mangé cette gaufre, craignant tout à coup que celle-ci reprenne vie pour s'éjecter de son estomac… Elle craignait aussi d'affronter sa mère. Serait-elle toujours furieuse ? À quel point ? Et si elle avait perdu la tête ? Peut-être que Jess allait la retrouver accroupie dans un coin, les vêtements en lambeaux et du muesli sur les cheveux…

Mais la voiture de sa mère n'était pas là. Serait-elle partie se jeter d'une falaise en laissant un mot d'adieu ? « Je rencontre de trop grandes difficultés avec ma fille, et je refuse d'être davantage un poids pour elle. »

En entrant, Jess s'aperçut que sa mère avait bel et bien laissé un mot sur la table.

Ma chérie,

Je suis partie chercher mamy, car la route est longue et je voudrais être de retour dans l'après-midi. Je suis désolée pour hier soir. C'était injuste de ma part de t'attribuer cette pièce sombre et exiguë, c'est donc moi qui vais déménager. J'ai mis déjà tous mes vêtements dans des grands sacs. Tu peux prendre ma chambre. J'y ai transporté toutes tes affaires, aménage-la comme tu en as envie.

Je t'embrasse fort,

Maman

Jess se précipita dans la chambre de sa mère. La plus belle chambre de l'étage. Avec deux fenêtres ! Et une penderie ! Et même une petite cheminée où Jess prévoyait déjà de faire flamber une bûche. Des larmes de joie roulèrent sur ses joues. Ah le syndrome prémenstruel... Sa mère était trop gentille ! Jess l'aimait tant ! Et dans cette chambre digne d'un palais, elle pouvait faire tout ce qu'elle voulait. Sa mère avait mis Raspoutine sur le lit, d'où il semblait lui faire signe de la patte. Un signe royal, bien sûr.

C'était le meilleur dimanche depuis l'invention du dimanche.

Le téléphone sonna. Jess se sentit prise de terreur. À tous les coups, sa mère venait de mourir dans un accident de la route. Juste au moment où Jess l'aimait plus que n'importe qui au monde. Elle bondit sur le téléphone.

– Oui, souffla-t-elle, s'apprêtant à entendre la voix froide d'un policier ou celle d'une infirmière des urgences.

C'était Flora.

– Salut Jess ! Tout le monde meurt d'envie de savoir ce qui s'est passé hier soir entre Whizzer et toi.

Votre chaussure va faire un bruit de pet, et tout le monde croira que c'est vous. 8

Jess et Flora se retrouvèrent dans un café. Leur quartier manquait cruellement d'animation, et le seul endroit ouvert le dimanche était un café de bienfaisance qui vendait de la nourriture fabriquée par des Africains pauvres.

– Abominable ! fit Jess en essayant de sectionner une barre de céréales composée d'écorce, de gravier et de superglu. C'est comestible ce machin ou c'est un matériau de construction ?

– Arrête, on devrait manger plus souvent ce genre de trucs. Ceux qui meurent de faim...

– Oui, oui, je sais ! Inutile de me faire la morale sur ceux qui meurent de faim ! J'ai assez de harcèlement politique comme ça à la maison. Pas la peine de prêcher sous prétexte que c'est dimanche !

– Chut !

La dame qui tenait le café leur lança un regard désapprobateur par-dessus ses yeux de chouette. Elle était en train d'essuyer des tasses ornées du portrait de Jésus. Lequel avait d'ailleurs un petit air de Brad Pitt avec une barbe.

– Je t'en supplie, ne prononce pas de blasphèmes tout fort, on va se faire mettre à la porte, et il n'y a que ça d'ouvert.

– Alors, comment était la fête? demanda Jess. T'en es où avec Mackenzie? J'espère que tu lui as brisé le cœur si fort qu'on a entendu le craquement jusqu'au pôle Nord!

– Il est trop génial! On ne s'est pas quittés de la soirée. Il est vraiment drôle, sûr de lui, très vif d'esprit, et il m'a dit que je ressemblais à Britney Spears. N'importe quoi…

La modestie de Flora était parfois agaçante. Elle passait son temps à raconter qu'elle détestait ses yeux, son nez, sa bouche, sa peau, ses cheveux. Alors que le jour où Dieu avait créé Flora, il pétait le feu.

Ce jour-là, il avait aussi créé les flamants roses, les dauphins, les arcs-en-ciel et le crumble aux pommes et à la crème anglaise. Quand ça avait été le tour de Jess, il était fatigué et il avait mal à la tête. Il s'était arrêté juste après les crapauds, les babouins, et peut-être aussi le méthane, puis il était allé prendre une aspirine et faire la sieste.

– Et toi ? demanda Flora. Qu'est-ce qui s'est passé avec Whizzer ? Tu lui as vomi dessus, ou c'est lui qui t'a vomi dessus ?

Jess resta sans réaction. La soupe ! La question de Flora devait être en rapport avec le minestrone.

– Il dit que tu lui as dégueulé dessus, que tu as couru aux toilettes et qu'ensuite, tu es rentrée chez toi. Ma pauvre ! Si tu me l'avais dit, je serais venue t'aider. Qu'est-ce qui t'est arrivé ? Tu as mangé un truc avarié ?

Jess resta muette. En fait, personne n'avait compris l'histoire des sacs de soupe. Elle faillit tout raconter à Flora. En règle générale, elle lui confiait tout. Mais cette fois... elle profita de la chance qu'on lui offrait d'échapper à son destin.

– Oui, oui, j'ai sans doute mangé une cochonnerie. Et Ben ? Je l'ai bousculé avec la délicatesse d'un taureau qui défonce la porte d'une étable. Il s'en est remis ? J'imagine qu'il a été pris d'assaut par toutes les filles.

– Pas du tout, il est presque tout le temps resté avec Mackenzie et moi. Ils veulent monter un groupe de rock et... ils m'ont demandé d'être leur chanteuse.

Flora avait le regard un peu fuyant en disant ça. Puis elle tressaillit avec la grâce d'une bergère qui vient de marcher sur une crotte de mouton.

Le cœur de Jess jaillit de ses lèvres, fit deux fois le

tour du café et réintégra son corps par la narine droite. Incroyable que personne ne s'en soit aperçu. Ben Jones avait demandé à Flora de faire partie de son groupe ! Bien évidemment, il fallait que Jess sourie et se dise ravie pour Flora, même si le ciel était devenu tout à coup noir et si son café venait de tourner au pipi de vampire.

– Il t'a demandé de faire partie de son groupe ! lâcha Jess. Mais c'est génial ! Tu seras sur MTV avant Noël ! J'irai t'attendre à l'entrée des artistes et je te supplierai de m'accorder un autographe alors que tu descendras de ta limousine. Mes mots se perdront dans la clameur de la foule... Tu seras aveuglée par les flashs des paparazzis...

– Ne raconte pas n'importe quoi. J'ai un peu peur du résultat. Déjà, je ne sais même pas chanter. Et puis, on n'a pas de lieu pour répéter. Sans compter que mes parents ne seront sans doute pas d'accord. Ma mère m'interdit tous les bruits forts à cause des otites que je faisais quand j'étais petite.

Jess se sentait désormais incapable de prendre une autre bouchée de céréales, même pour ceux qui mouraient de faim.

– Mais si, tu vas devenir célèbre ! On va te voir partout ! Dans le monde entier ! À travers toutes les galaxies ! On regardera tes clips sur Mars ! fit-elle avec un sourire héroïque.

– Tu peux assister aux répétitions si tu veux, lâcha Flora d'un air coupable.

– Non merci. (Et puis quoi encore ? Pas question d'aller se traîner à leurs pieds comme une groupie !) Je vais être très occupée à la décoration de ma nouvelle chambre. J'ai l'intention de la peindre en rouge et de mettre des peaux de léopard partout. Cette catastrophe est la chance de renouveler ma déco. En fait, je peux dire merci à ma grand-mère !

– La mienne vient de partir en vacances à La Barbade, reprit Flora. Elle doit sans doute faire du ski nautique, à l'heure qu'il est. Ou de la plongée sous-marine.

– Mais pourquoi faut-il que ta grand-mère soit si glamour ? jeta Jess d'un ton acerbe. Elle ne sait pas que les grands-mères sont censées jouer au loto avec d'autres vieilles dames, boiter et se plaindre de leur arthrite ? La Barbade ! Franchement ! C'est trop !

– Ta grand-mère est cent mille fois mieux que la mienne, fit Flora d'un air gêné. Elle est drôle. J'espère qu'elle va vite se rétablir. Et je meurs d'envie de voir ta nouvelle chambre. Je pourrais t'aider à la repeindre ?

Flora faisait vraiment tout pour être gentille. Ah ça, elle aurait remporté la médaille olympique de la gentillesse...

Jess était paralysée par ses attentions. C'était comme être prisonnière d'un gros gâteau au miel et grignotée jusqu'à ce que mort s'ensuive par un ours en peluche rose.

Elle se leva et annonça :

– Je dois y aller. J'ai plein de trucs à faire.

Flora devait partir, elle aussi. Elle avait déjà fait ses devoirs, bien sûr, elle les avait sans doute même repassés et parfumés à l'eau de rose, et elle prévoyait de consacrer la fin de l'après-midi à chatter avec Mackenzie sur leur groupe de rock.

Sur le chemin du retour, Jess fit halte à la station-service et dépensa ce qui lui restait d'argent de poche dans un bouquet de fleurs pour sa grand-mère. Au final, elle préférait ne pas avoir de grand-mère fan de ski nautique. Pour sa grand-mère à elle, essayer un nouveau goût de pastilles pour la gorge était le sommet de l'amusement. Passer de Miel-Citron à Cerise, telle était sa conception d'une vie pleine de risques.

Elle disposa les fleurs dans la chambre de sa grand-mère, qui n'était certes plus sa chambre, mais maintenant elle se moquait bien d'abandonner le rez-de-chaussée. Puis elle alla accrocher ses posters sur ses nouveaux murs. Elle s'imagina mettre du gazon artificiel au sol et peindre le plafond en bleu avec des avions. Ou alors, recouvrir les murs de velours rouge et se fabriquer un lit à baldaquin avec un châle vénitien négligemment jeté en travers, et des livres reliés en cuir sur la table de nuit. Sans oublier une bougie.

Et un hibou empaillé. Qui ressemblerait un peu à Fred sous sa capuche.

Il était cinq heures. Mais où étaient donc sa mère et sa grand-mère ? Jess devait-elle s'inquiéter ? Elle préféra aller se préparer un sandwich au fromage. Elle n'avait presque rien mangé à part la barre de céréales au gravier et à la glu du café catholique. Elle espérait bien qu'au paradis, la nourriture serait meilleure. Elle était en train de mordre dans son sandwich quand le téléphone sonna.

– Jess, ma chérie, je suis désolée, nous sommes à mi-chemin et l'embrayage vient de lâcher, lui annonça sa mère. Nous allons devoir passer la nuit dans un Bed and Breakfast. Tu peux rester toute seule ?

– Bien sûr ! lui assura Jess, tout en voyant déjà l'ombre d'un loup-garou sur le mur d'en face.

– Tu pourrais inviter Flora ou quelqu'un d'autre pour te tenir compagnie, lui suggéra sa mère.

Excellente idée. D'autant que si Flora venait, Jess pourrait assister à son chat avec Mackenzie, et peut-être apprendre quelques secrets sur Ben Jones. Peut-être même, qui sait, que Ben Jones apparaîtrait en personne. Sur MSN, bien sûr, pas en vrai. Elle avait entendu dire qu'il avait pour pseudo « Six Orteils ». Jess se demanda s'il en avait vraiment six. Verrait-elle un jour ses pieds ? Elle était certaine qu'ils sentaient divinement bon, contrairement à ceux des autres garçons.

Elle appela Flora.

– Tu sais quoi ? Je suis seule à la maison ce soir. Tu viens ?

– Ouah ! s'écria Flora. Et si je proposais à Mackenzie et Ben Jones de nous rejoindre ?

– Sérieusement ? fit Jess, qui frissonnait déjà à cette idée. Au secours, la maison est en bordel !

– Génial ! Il n'y a pas de risque qu'on dérange, non ?

Jess raccrocha et regarda autour d'elle d'un air paniqué. Elle aurait dû se mettre à ses devoirs, mais il se pouvait que dans moins d'une heure Ben Jones soit assis sur son canapé ! Son cul divin laisserait une trace tellement sacrée que personne ne pourrait plus s'y asseoir après lui. Le problème, c'était de se transformer en reine de beauté en une heure à peine. Comment se dessiner des sourcils qui lui briseraient à jamais le cœur ? Elle se rua sur sa pince à épiler et fit une petite prière. Tout de même, elle avait presque mangé toute une barre de céréales religieuse. Elle espérait bien que son héroïsme ne soit pas passé inaperçu aux yeux des habitants du ciel.

Dieu est ton berger, il te conduira près des eaux paisibles et te poussera dedans. 9

Hallucinant ! Mackenzie et Ben Jones assis sur son canapé ! Mackenzie et Ben Jones en chair et en os assis sur son canapé ! Mackenzie tout mignon avec ses boucles noires et son sourire de voyou : Frodon Sacquet en plus sexy et plus méchant. Ben Jones blond, muet et charmant. C'était jusqu'à présent le moment le plus excitant de la vie de Jess.

– Vous voulez du Pepsi ? offrit-elle.

– T'as rien d'autre ? fit Mackenzie. Le Pepsi, ça le fait péter, dit-il en désignant Ben Jones d'un signe de tête.

Ben Jones grogna et le frappa. La soirée s'annonçait distinguée.

– Jess, tu n'aurais pas plutôt de la bière ou un truc comme ça ? demanda Flora, un peu gênée par le manque de savoir-vivre de son amie.

– Non, désolée. Ma mère ne boit pas d'alcool, et on n'achète jamais de vin ou de bière, sauf quand on veut impressionner nos invités, avoua Jess. La dernière fois qu'on a eu de la vodka, c'est quand le pape est venu nous rendre visite.

Silence. Les garçons avaient l'air ahuri. Ben regardait fixement ses pieds qu'il agitait dans tous les sens. Jess se sentit désemparée. Désastre imminent.

– Mes parents ont une vraie cave à vin, annonça Flora.

– Ouah ! Trop cool ! Chanmé ! On va chez toi ! lança Mackenzie.

– Impossible ! rétorqua Flora, tout à coup prise de panique. Ils sont à la maison.

Les deux garçons eurent l'air déçu.

– Je ne peux vous offrir les chandeliers en cristal et le champagne de chez Flora, fit remarquer Jess, mais je vous le dis, ces trucs-là, c'est vraiment démodé. De nos jours, tout le monde mange du pain grillé et boit l'eau du robinet. C'est très bouddhiste, en fait.

Ben avait l'air abasourdi, Mackenzie l'air de s'ennuyer. Il jeta un coup d'œil à son copain. Merde. Elle n'aurait pas dû parler de bouddhisme. Ils croyaient sans doute que c'était un jeu de société.

– Tu te souviens de Noël dernier ? lança Mackenzie. Quand on a descendu le bar du père de Carter. Putain, ce qu'il s'est enfilé ! Il était gavé choucard, le mec !

Jess poussa un soupir. Les garçons avaient vraiment un langage rien qu'à eux. Peut-être que Mackenzie faisait allusion à l'alcool, mais peut-être aussi qu'il parlait d'un truc porno. Ou de drogue, allez savoir. La soirée s'annonçait vraiment lourde. Apparemment, Ben était incapable d'aligner plus de trois mots, quant à Mackenzie, peut-être qu'il parlait kirghize, en fait. Jess se mit à réécrire mentalement leur dialogue à la manière de Jane Austen.

« Bien le bonjour, miss Jordan et miss Barclay, annonça Mr. Benjamin Jones sur un ton distingué. Aurons-nous l'honneur de votre galante compagnie lors du prochain bal de Netherbourne ? »

– Alors, Jess, qu'est-ce que t'as à boire à part du Pepsi ? insista Flora d'un ton irrité.

– Il me reste peut-être du milk-shake au chocolat, fit-elle en se disant qu'il était sans doute périmé.

– Ouais ! Trop cool ! Du milk-shake ! Chanmé ! s'écria Mackenzie. Injecte-moi ça directement dans les veines !

Jess ne put s'empêcher de remarquer qu'il n'avait pas dit s'il te plaît.

– Et toi, Ben ? demanda-t-elle d'une voix qu'elle aurait voulue grave et sensuelle.

Sauf qu'elle postillonna sur sa chemise. Il sursauta. C'était vraiment foutu. Tout ce qu'elle trouvait pour le séduire, c'était lui cracher dessus !

– Euh, rien, merci.

Il n'essuya pas les postillons, ce qui ne soulagea en rien le supplice de Jess. Elle les voyait même briller ! Heureusement, trop occupés à se dévorer des yeux, Flora et Mackenzie n'avaient rien remarqué.

– Moi aussi, je voudrais bien un milk-shake, Jess. J'adore le chocolat..., dit Flora en se léchant les lèvres et en poussant un soupir.

Les deux garçons la regardèrent bouche bée, comme s'ils espéraient être transformés sur-le-champ en œufs de Pâques.

Jess disparut dans la cuisine. Le milk-shake n'était périmé que depuis la veille. Elle le renifla. Ça pouvait aller, malgré une légère odeur d'ail due à la sauce de salade voisine. Et hop, du milk-shake au chocolat et à l'ail vaguement périmé pour tout le monde ! Sauf qu'il n'en restait que pour une personne...

Mais si elle le servait dans des petits verres, elle pourrait faire croire qu'il y en avait pour deux ! Elle répartit le milk-shake dans des verres à porto, puis but un Pepsi et mangea un biscuit pour absorber sa salive et ne plus cracher sur Ben Jones. Malheureusement, elle avala de travers, ce qui déclencha une quinte de toux. Ses yeux se mirent à pleurer et son mascara à couler. Elle partit donc se remaquiller en vitesse dans les toilettes du rez-de-chaussée, mais rata l'œil gauche. Allait-elle réussir à rejoindre le salon avant que ses invités meurent de vieillesse ?

Quand Jess réapparut, elle était écarlate et elle avait l'œil gauche si noir qu'elle ressemblait maintenant à un pirate. Pourtant, elle comprit en un seul regard qu'elle aurait pu se laisser pousser un troisième œil et se peindre les cils en rouge, personne ne l'aurait remarqué.

Flora était venue s'asseoir sur le tapis aux pieds des garçons. Du canapé, on ne pouvait que plonger le regard vers sa poitrine. Jess jeta un coup d'œil à Ben Jones pour voir s'il lorgnait les seins de Flora. Évidemment. Le seul moyen de ne pas le faire, c'était de fixer les yeux au plafond.

– À la vôtre ! fit Mackenzie en attrapant son verre de milk-shake, qu'il engloutit d'une seule gorgée.

– Tu n'as pas des verres plus grands, Jess ? demanda Flora en pinçant la lèvre supérieure. C'est des verres à porto, ça !

– Je sais que c'est des verres à porto ! riposta Jess. Les autres sont sales. Qu'est-ce que ça peut te faire ?

– C'est bon, t'énerve pas, fit Flora avec un étrange regard hostile.

Une seconde après, elle se tournait vers les garçons, et Jess vit son expression passer de l'énervement à la séduction. Les yeux rivés sur sa poitrine, Mackenzie et Ben avaient l'air très concentré, comme s'ils suivaient un match de ping-pong entre ses seins.

– Alors, ce groupe de rock? lança Jess.

– Ouais! Chanmé! fit Mackenzie. On va commencer les répètes dès qu'on aura trouvé un endroit. Pourquoi pas ici, au fait?

– Impossible, répliqua aussitôt Jess. Ma grand-mère vient habiter chez nous.

– Une grand-mère! s'exclama Mackenzie. Cool! Chanmé! Elle a du sex-appeal, au moins? On pourrait la prendre comme chanteuse!

Tout le monde éclata de rire, même Jess, cependant mal à l'aise. Mais pourquoi avait-elle parlé de sa grand-mère? Et pourquoi sa grand-mère n'habitait-elle pas en Alaska, d'abord?

– Impossible de répéter chez moi à cause de mon père, annonça Flora. Je ne sais même pas si je vais parler du groupe à mes parents. Jess, je pourrai leur dire que je suis ici quand j'irai aux répètes?

– Si tu veux...

Jess sentit une douleur fulgurante dans la poitrine. Elle imaginait déjà sa conversation téléphonique avec le redoutable père de Flora. « Et où est Flora, s'il te plaît, Jess? » dirait-il de sa grosse voix d'homme d'affaires. Rien qu'à cette pensée, elle manqua défaillir. La soirée était de plus en plus atroce. Elle virait même au cauchemar absolu. Ben Jones avait à peine prononcé un mot. Seule échappatoire : les fantasmes.

« Nous sommes quelque peu confinés ici, déclara sir Benjamin. Accepteriez-vous de faire un tour dans le jardin, miss Jordan ? »

« J'en serais enchantée, sir Benjamin », répondit Jess en posant son Pepsi – non, pardon, sa tasse de thé – d'une main tremblante.

« Vous allez voir, les azalées en fleur sont magnifiques. Miss Flora, voulez-vous bien débarrasser le thé et préparer un feu pour notre retour ? »

Miss Flora acquiesça d'un air modeste et soumis. Quelle gentille fille. Dommage qu'elle ait un gros nez rouge et des dents tordues.

– Alors, comment on va l'appeler, notre groupe ? demanda Mackenzie. Qu'est-ce que vous dites de « Chanmé » ? Ça serait vraiment chanmé, non ?

C'était sans doute ce que Flora appelait la vivacité d'esprit de Mackenzie.

– Vous n'avez pas encore de nom ? s'exclama Jess. Mais moi, j'aurais commencé par ça ! Le nom, c'est le plus important ! Le reste, c'est facile à côté !

– On n'arrive pas à se mettre d'accord, expliqua Flora.

Ce « on » était quelque peu énervant. Mais c'était la réalité, non ? Ils formaient un groupe. Un groupe qui n'était déjà pas d'accord...

– C'est quoi les autres propositions ? demanda Jess.

– Mackenzie dit qu'on devrait s'appeler « Carottes Trop Cuites ». BJ est pour « Les Crapauds Assassins » et moi pour « Archéologie ».

Jess fit l'intéressée. En réalité, elle était focalisée sur le fait que Flora appelle Ben Jones « BJ ». Jamais elle n'avait entendu quelqu'un l'appeler comme ça. Encore un truc de Flora, à tous les coups...

– Et qu'est-ce que vous diriez de « Cracheurs de Venin » ? suggéra Jess entre ses dents serrées.

À cet instant, le téléphone sonna. Elle se sentit tout à coup prise en faute. Sa mère avait accepté que Flora vienne, mais elle n'avait rien dit au sujet des garçons !

– Chut ! fit-elle en attrapant le combiné.

– Allô, Jess ?

– Papa !

– Comment vas-tu, ma chérie ? Que fais-tu ? Excuse-moi de ne pas t'avoir appelée depuis deux semaines, mais j'ai eu une affreuse grippe.

– Mon père, articula en silence Jess. Attends, papa, je vais prendre le téléphone à l'étage, on a des invités.

Elle posa le combiné et fit la grimace.

– Je reviens tout de suite, promit-elle.

Pourquoi était-ce justement ce soir-là que son père appelait ? Il ne pouvait pas tomber plus mal !

Elle alla décrocher dans le bureau de sa mère.

– Ça a dû être terrible, ta grippe. Tu vas mieux ?

– Je tousse encore un peu. Attends, j'ai une quinte qui monte. On dirait un poulailler qu'on égorge. Écoute ça !

Il lui fit une démonstration prolongée. Quel hypocondriaque ! Jess adorait son père mais, au fil des années, elle en avait appris bien plus qu'elle ne le souhaitait sur l'état de ses poumons et de son gros intestin. Elle lui demanda comment allait la vie à Saint-Ives, et lui fit promettre de l'inviter.

– Je vais essayer de trouver une solution, dit-il d'un ton hésitant, comme si la venue de sa fille nécessitait de rajouter une aile à sa maison et de louer une caravane de trois cents chameaux pour son voyage. Mais je me demande bien où tu vas dormir. Je pourrais peut-être acheter une grande niche…

– Je peux dormir n'importe où, papa, promit Jess. Sur le canapé. Par terre. Ça n'a aucune importance. Je n'ai jamais vu ta nouvelle maison, alors que tu y vis depuis des années ! Et puis, tu habites au bord de la mer. C'est trop dommage !

– Je vais en parler à ta mère. Je ne suis pas sûr qu'elle accepte. Elle s'imagine que je n'ai aucune autorité. Il faudra que tu promettes de lire la Bible toute la journée et de te coucher à sept heures et demie tous les soirs.

– Sept heures et demie ! protesta Jess d'un air faussement choqué. Mais je me couche bien plus tôt que ça, d'habitude !

– Tu devras aussi passer l'aspirateur dans toute la maison avant ton maigre petit déjeuner de poisson en conserve et de pilules vitaminées.

– Bien sûr, renchérit Jess. Et n'oublie pas la marche de quinze kilomètres avec des grosses chaussures.

– Dans ce cas, c'est parfait.

Mais Jess n'en était pas très sûre. Elle se méfiait toujours un peu de son père, capable de faire des blagues pendant des heures et, tout à coup, de redevenir ennuyeux et sérieux comme un adulte. Changement qui était justement en train de se produire.

– Tu me passes ta mère une minute, s'il te plaît, ma chérie ? Elle m'a envoyé un mail pour me dire qu'elle avait des soucis avec ta grand-mère.

Jess hésita.

– Maman n'est pas là, avoua-t-elle. Elle est partie chercher mamy qui vient vivre chez nous, mais la voiture est tombée en panne, alors elles dorment dans un Bed and Breakfast.

– Et qui s'occupe de toi ?

– Personne, papa ! Je peux très bien me débrouiller toute seule !

Il y eut un silence inquiet à l'autre bout du fil. Jess savait que son père se triturait les doigts et préparait une indigestion.

– Mais tu ne m'as pas dit que vous aviez des invités ?

– Oui, Flora et deux amis.

– Des filles, Jess, j'espère. Ou de ce genre abominable qu'on appelle garçon ?

– Mackenzie et Ben Jones du lycée, papa. Pas besoin de prendre ce ton désapprobateur. On ne fait rien de mal ! Toi aussi, tu as été jeune ! Et tu ne faisais pas n'importe quoi, te droguer, tout ça, non ?

– J'étais un garçon quasiment parfait et du coup mortellement ennuyeux, dit son père d'un air triste. La nuit la plus folle que j'ai passée, c'est celle où j'ai organisé une boum pour mes hamsters... Et qu'est-ce que vous trafiquez ? Vous regardez un film d'horreur, j'imagine.

– Mais non papa, la télé n'est même pas allumée ! On était en train de chercher un nom pour notre groupe.

– Tu joues dans un groupe ? Mais je ne suis vraiment au courant de rien, moi !

– Je ne joue pas. Flora chante, et moi je suis leur manager.

Jess se dit que c'était une bonne idée, après tout. Peut-être allait-elle leur proposer ses services. « Je suis le manager de Cracheurs de Venin. » Ça avait de la gueule.

– Et les garçons passent la nuit ici ? Car il est déjà dix heures et demie.

– N'importe quoi ! Bien sûr que non, papa ! Le père de Mackenzie vient le chercher dans cinq minutes !

En fait, ce n'était pas si mal d'avoir son père à trois cents kilomètres : c'était plus facile à embobiner. Rassuré à l'idée qu'un adulte mette un terme à cette soirée de débauche, le père de Jess raccrocha, mais seulement après lui avoir demandé si elle avait fait ses devoirs. Jess mentit. Elle avait prévu de les faire le lendemain matin au petit déjeuner.

Elle redescendit l'escalier quatre à quatre. Mackenzie avait rejoint Flora au pied du canapé. Mais ils n'étaient pas en train de s'embrasser ni rien. Juste histoire de signifier qu'il sortait bien avec elle. Et pas Ben Jones. Ouf. Jess n'eut pas le courage d'aller s'asseoir près de Ben Jones : trop évident. Alors elle attrapa le petit tabouret près de la télé. Sauf que dès qu'elle fut assise, elle se rendit compte que cette position ne la mettait pas du tout en valeur. Impossible d'avoir l'air gracieux sur un tabouret où on est accroupi les genoux remontés jusqu'aux oreilles comme un homme de Cro-Magnon !

– Désolé, fit-elle, c'était mon père. Il habite Saint-Ives.

– Saint-Ives ? dit enfin Ben Jones, l'air impressionné. Cool ! C'est au bord de la mer, non ?

– Ouais, c'est génial. J'irai le voir pendant les

vacances. Vous pouvez venir, si vous voulez. Vous pouvez tous venir.

– Trop bien ! s'écria Flora. J'adore la mer ! En ce moment, ma grand-mère fait du ski nautique à La Barbade. C'est trop injuste !

– À La Barbade ? faillit s'étouffer Ben Jones, les yeux exorbités.

Et hop, exit Saint-Ives.

– À La Barbade ! répéta Mackenzie. Ouah ! Trop cool ! Chanmé ! Hallucinant ! On va la retrouver ?

À côté de La Barbade, Saint-Ives n'avait plus aucun attrait. Jess eut envie de frapper Flora avec l'objet le plus proche, mais elle réussit à se maîtriser.

« Sois plus forte qu'elle, sois plus forte, pensa-t-elle. Flora veut attirer toute l'attention. Laisse-la se faire admirer. C'est un signe d'immaturité. » Cela dit, accroupie dans l'ombre sur son tabouret, Jess ne se sentait guère plus mature.

Tout à coup, le portable de Mackenzie se mit à couiner. Il le sortit de sa poche et s'approcha de la fenêtre en grognant.

– Quoi ?

Tout le monde tendit l'oreille. Et là, Jess s'aperçut que Ben Jones avait tourné la tête dans sa direction. Leurs regards se croisèrent, exactement comme l'avait prédit Flora. Pas à la boum, certes, mais dans une pièce à moitié vide. Et il fit l'un de ses sourires angéliques et langoureux. Rien que pour elle.

Une délicieuse onde de choc traversa la cage thoracique de Jess. Il lui avait souri ! Alors qu'il aurait pu continuer à fixer Flora en s'imaginant sur une plage de La Barbade avec elle ! Peut-être qu'en fin de compte, Jess l'intéressait.

– Mais pourquoi ? râlait Mackenzie dans son téléphone. C'est pas juste ! Bon, d'accord, dans vingt minutes.

Il rangea son téléphone et haussa les épaules avec un regard désabusé.

– Faut que je rentre, soupira-t-il. Ma mère est en train de piquer sa crise.

Puis il annonça qu'il devait d'abord aller aux toilettes.

– Je vais te montrer le chemin, annonça aussitôt Flora, sautant sur l'occasion.

Au passage, elle adressa à Jess un regard lourd de sous-entendus.

Flora et Mackenzie quittèrent le salon et montèrent l'escalier à grand bruit. Ensuite, leurs voix se réduisirent à un murmure, puis plus rien.

Ben Jones renifla. Divinement, bien sûr. Le silence s'épaissit. Jess commençait à paniquer. Il fallait qu'elle trouve quelque chose à dire, déjà parce qu'elle était la maîtresse de maison, mais aussi parce que –

tout le monde savait ça – les garçons sont incapables de formuler une phrase ou d'avoir une idée. Sauf Fred, bien sûr.

– C'est quoi ta matière préférée ? lança-t-elle sans conviction.

La question la plus ennuyeuse qu'elle ait jamais posée jusqu'à présent.

Ben Jones eut l'air surpris.

– Euh... la physique.

Jess fut atterrée. Elle détestait la physique. La salle de physique puait le caoutchouc et l'essence. Dès qu'elle y entrait, elle avait l'impression d'être dans un hôpital où se pratiquaient d'affreuses opérations avec des masques en métal et des pinces chauffées à blanc.

– Ouais, la physique, c'est trop bien, mentit-elle, ayant lu dans un journal qu'il fallait partager des centres d'intérêt avec son petit ami. Et qu'est-ce que tu veux faire plus tard ?

Mais qu'est-ce qui lui prenait ? Elle parlait comme un prof !

– Euh, courtier en bourse.

– Quoi ? fit Jess, stupéfaite.

Ben Jones rit, mais pas pour se moquer, d'un rire plutôt gentil.

– C'est... dans la finance. Pour gagner plein d'argent. Et toi ?

Jess paniqua. Impossible de dire la vérité. Elle se sentait ridicule. Allez, tant pis.

– Je veux devenir comique.

Les yeux de Ben Jones s'écarquillèrent, et il émit un étrange petit sifflement.

– Cool ! commenta-t-il.

Puis il se leva et ferma son blouson. Silence. Jess quitta son tabouret. Non sans difficulté, tellement il était bas. Flora se serait redressée avec la grâce d'une gazelle troublée tandis qu'elle s'abreuve dans le ruisseau, mais Jess vacilla comme un hippopotame qui s'extrait d'un étang.

– Euh, qu'est-ce que tu dirais de... est-ce que tu veux... aller prendre un café demain après les cours ? demanda tout à coup Ben Jones.

Jess n'en croyait pas ses oreilles. Lui avait-il vraiment posé cette question, ou rêvait-elle ?

– Qu'est-ce que tu viens de dire ?

Ben Jones rougit. Il rougit ! Ouah ! Le meilleur moment de la vie de Jess jusqu'à présent.

– Euh, qu'est-ce que tu dirais d'aller prendre un café demain après les cours ? répéta-t-il.

Jess haussa les épaules et fit semblant de réfléchir, comme si elle avait tellement de projets passionnants pour le lendemain après les cours qu'elle était incapable de choisir. Par exemple, tenter une formidable expérience de physique avec de superbes tuyaux en caoutchouc et de splendides pièces de métal.

– Bien sûr, dit-elle avec un sourire. D'accord !

Mackenzie et Flora réapparurent, et les garçons s'en allèrent. Ben Jones ne dit rien de leur rendez-vous aux autres et se contenta de faire un petit signe de tête à Jess. Pour un instant au moins, ils partageaient un secret. Jess était presque aussi excitée que sir Benjamin dans le drame en costume qu'elle avait fantasmé un peu plus tôt. Même si, hélas, Ben ne repartait pas dans un carrosse scintillant tiré par quatre superbes chevaux blancs. Son seul moyen de transport était ses baskets, mais, avait remarqué Jess, de très belles baskets.

– Devine quoi ! souffla-t-elle dès que les garçons furent partis. Ben Jones m'a proposé d'aller prendre un café demain ! On a rendez-vous ! Il m'a invitée !

– Trop cool ! cria Flora d'un air excité en la prenant dans ses bras. Et devine quoi ! Mackenzie m'a embrassée ! Dans ta salle de bains ! Il m'a embrassée et il a dit « trop cool » ! Si tu sors avec BJ et moi avec Mackenzie, ça va être trop bien ! Au fait, Mackenzie m'a raconté un truc pendant qu'on était là-haut.

– Quoi ?

Jess ne voulait penser à rien d'autre qu'à son rendez-vous avec Ben Jones. Elle refusait de penser à autre chose. Elle avait bien l'intention d'y rêver toute la nuit.

– Tu connais Jack, le frère de Tiffany ?

– Oui et alors ?

Mais de quoi lui parlait Flora ?

– À la fête, tu te souviens du feuillage autour du miroir dans les toilettes des filles ?

– Oui et alors ?

– Eh bien, Jack a caché une caméra dedans, et les filles qui sont allées aux toilettes ont été filmées. Genre vidéo-gag. Trop drôle, non ? Alors tout le monde se retrouve après-demain chez Tiffany pour voir ça ! Heureusement que je ne suis pas allée aux toilettes de toute la soirée !

En bonne égoïste, Flora poussa un soupir de soulagement. Tétanisée, Jess était incapable de prononcer un mot. Flora, qui n'était quand même pas un monstre, finit par s'en apercevoir.

– Jess ! Mais tu as été malade dans les toilettes, non ? Oh ma pauvre !

– Ce n'est pas ça qui m'inquiète le plus, fit Jess.

Elle sentait tous ses muscles se crisper. Elle se moquait bien d'avoir été malade devant la caméra. Elle avait fait pire, bien pire que ça. Elle s'était dénudée jusqu'à la taille devant cette caméra. Elle avait jeté le contenu de son soutien-gorge dans les toilettes devant cette caméra. Et nettoyé le minestrone sur ses seins ! En les appelant Bonnie and Clyde, en plus ! Il ne lui restait qu'à filer au couvent le plus proche : sa vie était foutue.

Le sort des tomates va tout à coup vous sembler insupportable et vous ne pourrez plus manger de plats italiens. 10

– Alors, il paraît que tu es la star du vidéo-gag ! annonça Ben Jones avec un sourire.

Jess se sentait très mal. Elle était au Dolphin Café avec Ben Jones. Cela faisait des mois qu'elle rêvait de lui. Elle avait écrit des milliers de fois son nom sur sa main et ses livres, voire sur les murs des toilettes... Dès qu'elle l'apercevait au lycée, son estomac faisait des sauts périlleux. Un jour, elle s'était assise sur un banc juste après lui et elle avait senti sur ses fesses la chaleur qu'il venait de laisser. Ce n'était pas encore une véritable histoire d'amour, mais ça s'annonçait bien.

Et là, il l'invitait à boire un café ! Ils se retrouvaient en tête-à-tête, et au lieu de se sentir au paradis, Jess était aux trente-sixième dessous.

– Peut-être qu'on pourrait aller manger un hamburger demain, balbutia-t-il. Avant de...

– Avant de quoi ?

– D'aller chez Tiffany.

L'estomac de Jess s'écrasa sur le carrelage du Dolphin Café, s'enfonça jusqu'au centre de la terre, et émergea dans un pays où les hommes portaient des chapeaux en forme de tire-bouchon. Apparemment, son estomac avait émigré jusqu'en Australie, sinon plus loin. Et Jess irait le rejoindre juste après l'humiliation du vidéo-gag.

– Je refuse de voir ça ! explosa-t-elle. Et je t'en supplie, promets-moi de ne pas y aller !

Ben eut l'air étonné.

– Calme-toi ! C'est juste histoire de rigoler un coup.

– De rigoler un coup ! s'offusqua Jess. Qu'est-ce que tu dirais si les filles avaient installé une caméra dans les toilettes des garçons et que tu avais été filmé en train de faire des trucs intimes ?

Ben resta silencieux : il réfléchissait. Jess avait envie de se ronger les ongles, sauf qu'il ne restait déjà plus rien à ronger. Elle fut prise d'une furieuse envie de retirer ses chaussures pour se ronger les ongles des pieds.

– Je crois que ça ne me dérangerait pas, finit par dire Ben en haussant les épaules. C'est juste pour rire, non ? Qu'est-ce que tu as pu faire de terrible ? Tu ferais mieux de venir rigoler avec nous. Ça serait cool. Sinon, les autres vont croire que tu te dégonfles.

Jess savait que se moquer de soi-même était un

signe de maturité. Mais elle doutait que même un adulte confirmé traverse cette épreuve sans taper du pied ni avoir envie de manger son jean.

– Toutes les autres filles y vont, fit Ben. Flora y va aussi.

– Elle s'en fout, puisqu'elle n'est pas allée aux toilettes ! Elle devait avoir la vessie gonflée comme un ballon de baudruche!

– C'est à croire qu'elle a toujours de la chance, reconnut Ben.

– Ça c'est vrai, fit Jess. Elle mène une vie de rêve. Tu verrais sa maison... Son père, c'est du genre roi des affaires dans les salles de bains, et sa mère ressemble à Meryl Streep. Tout est incroyable chez eux. Il faut se déchausser à l'entrée car il y a de la moquette beige partout. Et s'ils cassent un vase en porcelaine, ils le jettent. Alors que chez moi, tous les trucs en porcelaine sont ébréchés.

Ben regarda son café d'un air pensif. Jess se dit que ce n'étaient pas ses vases de porcelaine qui allaient arranger ses histoires de cœur. Mais de quoi parler avec Ben Jones? De cinéma? De voitures? De sport? De musique? Elle était incapable de fixer son attention sur le moindre de ces sujets, car son esprit revenait aussitôt à cette histoire de vidéo-gag.

– Tu crois que Mackenzie plaît vraiment à Flora? demanda tout à coup Ben.

L'espace d'un instant, Jess en oublia la caméra.

– Mais bien sûr ! Ça fait des siècles que Flora flashe sur lui. Et depuis qu'on a étudié le roi Charles Ier en histoire, elle est carrément dingue de lui. Elle trouve qu'il ressemble à Charles Ier.

– Hein ? Quel rapport ? s'exclama Ben, ahuri. Mais de quoi tu parles ?

– Rien, c'est moi qui raconte ça. Mackenzie est petit et brun comme Charles Ier, mais leur ressemblance s'arrête là. Car Mackenzie a toujours sa tête, lui !

– Hein ? fit Ben, de plus en plus interloqué.

– Charles Ier a été décapité pendant la guerre civile. Les Têtes rondes, les royalistes, ça te dit quelque chose ?

– Ah oui, c'est vrai. Je n'aime pas l'histoire, alors en général je n'écoute pas trop. Comme ça, tu penses que Mackenzie plaît vraiment à Flora ? Elle ne va pas changer d'avis, hein ? Il serait dégoûté.

– Mais non ! Elle est folle de lui ! le rassura Flora.

Ben Jones l'observa attentivement et hocha la tête.

– Cool.

Et tout à coup, Jess comprit. En fait, Ben Jones n'avait pas du tout envie de prendre un café avec elle. Mackenzie lui avait juste demandé de se renseigner sur Flora ! En fait, Ben Jones ne l'avait pas invitée pour ses beaux yeux! Il ne la draguait pas, il la passait à la question!

Un peu plus tôt dans la journée, Jess s'était sentie désespérée par l'histoire du vidéo-gag, mais au moins elle se consolait à l'idée de son rendez-vous avec Ben Jones. C'était certes un faible réconfort, néanmoins réel. Et tout à coup, elle n'avait plus rien à quoi se raccrocher.

– Je suis désolée, fit-elle brusquement. Je dois partir. J'ai plein de trucs à faire.

Et elle se leva à toute vitesse. Ben Jones eut l'air surpris. Il se redressa.

– Eh, attends une seconde! On se retrouve au fast-food demain? À sept heures et demie?

– Je ne sais pas encore. Je vais y réfléchir. Je t'envoie un sms, ok?

Ben hocha la tête et esquissa un sourire langoureux. L'estomac de Jess, qui apparemment, était rentré d'Australie, fit la roue.

– Il faut que tu viennes, insista-t-il. Tu vas être la star de la soirée!

Jess acquiesça d'un air qu'elle espérait élégant et mystérieux, et s'en alla. Sur le chemin du retour, elle était dans tous ses états. Ben Jones lui avait dit qu'elle serait une star! Peut-être qu'il avait vraiment envie de sortir avec elle, finalement. Si elle allait à la projection, elle pouvait devenir la star de Ben. Sauf qu'elle doutait d'être une star dans la scène des toilettes. Elle y était plutôt une débile. Une débile nue jusqu'à la taille. De la plus belle espèce de débiles qui soit. Dès le lendemain, Ben Jones saurait qu'elle parlait à ses seins, et même qu'elle leur avait donné un nom. Il saurait pour la soupe, aussi. Il l'aurait vue torse nu. Comme tout le monde. À qui pouvait-elle confier son désespoir ? À personne. Même pas à Flora. Encore moins à sa mère.

La pluie se mit à tomber, mais Jess s'en moquait. Elle marchait de plus en plus vite. Les gouttes s'abattaient sur son visage. Il y avait quelque chose d'apaisant dans cette pluie. Sous la pluie, on peut pleurer sans que ça se voie. Or, Jess avait très envie de pleurer. Quand elle arriva chez elle, elle était trempée. Sa maison ne lui avait jamais paru si accueillante. Elle n'en sortirait plus jamais. Sa mère était revenue avec sa grand-mère, installée devant le journal télévisé à tue-tête. Quand Jess entra, sa grand-mère lui fit un sourire pétillant, coupa le son et lui tendit les bras.

– Jess ! Ma chérie ! Comme tu as grandi ! Mais tu es trempée ! Va tout de suite prendre un bain, mon cœur, sinon tu vas attraper mal. À propos, on a retrouvé une tête humaine à Grimsby !

Sa grand-mère était une femme affable avec une étrange fascination pour les événements atroces. Elle scrutait les journaux à la recherche de récits de faits divers ; si elle voyait un homme creuser dans son jardin, elle le soupçonnait aussitôt de vouloir enterrer sa femme ; elle avait regardé *Pulp Fiction* sept fois tout en tricotant des chaussettes de bébé pour les bonnes œuvres. Elle était, tout simplement et à son adorable façon, un peu bizarre.

La mère de Jess apparut des affaires plein les bras. Elle avait l'air fatigué. Elle lança à Jess un regard impatient.

– Bonjour maman, fit Jess.

Mais sa mère lui sembla lointaine. Jess se dit que décidément, cette histoire de vidéo l'emprisonnait dans une cage de verre. La vie continuait tout autour d'elle, mais elle s'en sentait exclue.

– Alors ? demanda sa mère.

– Alors quoi ? fit Jess.

– Qu'est-ce que tu penses de ta chambre ?

– Oh maman, elle est sublime ! Je suis désolée ! J'avais complètement oublié !

Jess se jeta au cou de sa mère et l'embrassa avec fougue.

– C'est la meilleure chose qui me soit jamais arrivée ! Merci beaucoup ! Tu es géniale ! Je vais aller la ranger tout de suite. Mais d'abord, je prends un bain.

Jess fila à l'étage et se fit couler un bain, où elle plongea avec l'espoir de se détendre. Pourtant, son cerveau tournait à toute allure. Comment récupérer la vidéo et la détruire? Corrompre Tiffany? Mais Jess n'avait pas d'argent, et de toute façon, elle avait toujours eu l'impression que Tiffany ne l'aimait pas beaucoup. Elle poussa un soupir. Elle pourrait faire semblant d'être malade et rater le lycée quelques jours, le temps que cette histoire se tasse un peu. Il fallait qu'elle trouve un truc pour détourner l'attention de tout le monde. Et si elle mettait le feu au lycée pendant la nuit? Ou chez Tiffany... Histoire de brûler la cassette vidéo en même temps.

Elle ajouta quelques gouttes d'huiles essentielles à son bain. La lavande étant soi-disant relaxante, Jess essaya de se sentir relaxée. De toute façon, elle était incapable de mettre le feu quelque part. Surtout, elle était déjà incapable d'allumer une bougie sans se brûler les doigts. Elle songea de nouveau à l'idée de tomber malade. Malade pendant toute une année. Dans un an, tout le monde aurait oublié la vidéo. Il fallait qu'elle téléphone à son père. Lui, il aurait une idée. Il apprenait l'encyclopédie médicale par cœur. Il en était déjà à P pour pellicules.

– Jess! fit sa mère en frappant à la porte. Fred au téléphone!

– Je le rappelle!

De toute façon, il fallait qu'elle sorte du bain. Sa peau était maintenant presque aussi ridée que celle de sa grand-mère. Elle se sécha, mais ne dit pas un mot à

Bonnie and Clyde. Ce genre de bêtise l'avait menée trop loin. Elle espérait qu'ils comprendraient, mais pendant un moment, elle allait avoir du mal à leur adresser la parole.

Elle rappela Fred depuis le bureau. Sa mère préparait le dîner à la cuisine en écoutant la radio, et sa grand-mère était dans le salon, la télé à fond. Fred décrocha.

– Salut, maman m'a dit que tu m'avais appelée.

– Ouais, j'ai oublié mon exemplaire de *La Nuit des rois* au lycée et je dois rendre mon devoir demain, sinon Fothergill va m'arracher les tripes pour en faire du pâté. Je peux passer t'emprunter ton livre?

– Bien sûr, dit-elle en se souvenant avec horreur qu'elle n'avait pas non plus fait son devoir sur Shakespeare.

Sa mère étant bibliothécaire, à tous les coups elle avait plusieurs exemplaires du texte, Jess pouvait donc sans problème prêter le sien à Fred. Sauf qu'il était couvert d'inscriptions sur Ben Jones. Il fallait absolument qu'elle efface tout : pas question que Fred sache à quel point elle était débile.

– Qu'est-ce qu'il y a? demanda Fred. Tu parles par monosyllabes ce soir. Tu te fais un trip film noir?

Fred venait de découvrir les films policiers en noir et blanc des années 40, et cherchait un moyen de tourner un remake de *La Planète des singes* transposée dans le Paris d'après-guerre.

– Fred, au secours, c'est une catastrophe ! La cassette vidéo que tout le monde va voir demain !

– Ah oui, cette comédie minable. J'imagine qu'il va falloir que je me traîne chez Tiffany... Mais j'y vais en tant que cinéphile, et non comme pervers.

– Le problème, reprit Jess, c'est que j'ai fait quelque chose de très intime dans ces toilettes. J'ai dû me déshabiller et me laver parce que... je m'étais tachée, alors tout le monde va me voir torse nu. Je ne survivrai pas à ça, Fred ! Je vais mourir de honte ! Qu'est-ce que je vais devenir ?

Fred dit au bout de quelques instants :

– Ton histoire met la crise de mon devoir en perspective, déclara-t-il. Je te conseillerais de regarder ça avec un air détaché et un sourire ironique. Tu crois que c'est possible ?

– Je vais essayer, soupira Jess. Mais je serais plus à l'aise si je devais imiter un chimpanzé...

– Eh bien, imagine que tu es un singe. Un gorille s'en foutrait, non ? Fais ce qu'on conseille dans les cours de théâtre : construis-toi un personnage.

– Merci beaucoup, fit Jess d'un air moqueur. Si j'étais toi, je ne me lancerais pas dans une carrière de conseiller plus tard !

– Je ne suis pas fait pour une carrière de conseiller dans la mesure où je ne m'intéresse qu'à ma propre personne, et où les problèmes des autres m'ennuient. Je suis là dans cinq minutes pour Shakespeare.

En temps normal, Jess aurait été ravie d'échanger pendant une demi-heure des blagues assassines avec Fred, mais ce soir-là, elle ne se sentait pas d'attaque. Elle raccrocha, alla chercher son exemplaire de *La Nuit des rois*, et gomma toute référence à Ben Jones, à tel point que des nuages gris semblaient avoir envahi la couverture. Tout à fait en rapport avec son humeur.

Fred vint chercher son livre, puis Jess rédigea le brouillon le moins inspiré de sa vie. Elle était incapable de penser à autre chose qu'à la cassette vidéo. Et au moment où tout le monde découvrirait qu'elle parlait à ses seins.

Une fois au lit, elle décida d'envoyer un sms à son père.

COMMENT DTRUIRE 1 K7 VIDÉO? lui demanda-t-elle.

Deux minutes plus tard, son portable vibrait.

QUELLE K7?

1 K7 QUI DÉGRADE L'IMAGE DE LA FEMME.

LA JETER SOUS 1 BUS?

Sauf qu'elle se trouve dans une maison.

Pause.

ATTRAPER LA BANDE ET LA SECTIONNER AVEC DES CISEAUX À ONGLES.

Jess se sentit vaguement ragaillardie. Si elle réussissait à se placer au premier rang le lendemain avec des ciseaux dans la poche et à s'emparer de la cassette avant qu'on l'arrête... C'était sa dernière chance.

MERCI PAPA. TU ES GÉNIAL. JE T'M.

C'EST INCLUS DANS LE CONTRAT. J'AI ACHETÉ 1 MOUETTE QUI S'APPELLE HORACE. ON T'M. ON REGRETTE QUE TU NE SOIS PAS LÀ.

Mais Jess avait aussi un plan B. Si elle réussissait à mettre la main sur la cassette, elle la réduirait en miettes. Sinon, elle fuguerait à Saint-Ives pour aller vivre avec son père. Elle commencerait une nouvelle vie. Dans un nouveau lycée. Avec de nouveaux amis. Et une nouvelle identité. Jess adorerait s'appeler Zara Zeta-Zollwiger. Avec un nom pareil, tout le monde lui ficherait la paix.

Vos efforts méritent une récompense. Votre lot : une haleine fétide. 11

Jess envoya finalement un sms à Ben pour dire qu'elle le rejoindrait au fast-food.

– Toi et Ben, ça a l'air de marcher, on dirait ! commenta Flora en apprenant la nouvelle.

Jess avait haussé les épaules. Jamais un rendez-vous avec un garçon ne l'avait aussi peu intéressée. Au fast-food, elle était tellement tendue qu'ingurgiter un hamburger lui semblait tout simplement hors de question. Peut-être ne pourrait-elle plus jamais rien avaler. L'idée de mettre des choses dans sa bouche pour les faire disparaître lui paraissait tout à coup très bizarre.

Elle réussit à siroter un chocolat chaud. Au moins, elle aurait un peu de force pour l'épreuve à venir… Devant elle, Ben engloutissait un hamburger en parlant à son rythme habituel de six mots à la minute.

– Tu as vu *Exterminator 3* ? demanda-t-il.

Jess fit vaguement signe que non.

– C'est trop bien, lui affirma-t-il. C'est des extra-terrestres qui envahissent la Terre, ils ressemblent à des cafards et ils tirent des rayons mortels avec leurs antennes.

Jess mima la fascination.

– Je te prêterai la cassette si tu veux, fit Ben.

Jess exprima sa gratitude, mais elle avait l'esprit ailleurs. Elle s'efforçait de tirer le coin de ses lèvres vers le haut, si bien que son sourire ressemblait sans doute à celui d'un extra-terrestre qui essaie de se faire passer pour un humain. Quand Ben eut enfin terminé ses frites, ils partirent à pied en direction de chez Tiffany.

Jess avait les jambes trop lourdes pour marcher normalement, et il lui semblait que ses épaules pesaient trois tonnes. Et puis, même si elle n'avait rien avalé de solide depuis des heures, elle avait l'impression d'avoir du plâtre dans l'estomac. Elle serrait ses ciseaux à ongles au fond de sa poche. Réussirait-elle seulement à attraper la cassette ?

Ils arrivèrent chez Tiffany.

– Courage, lui fit Ben alors qu'ils attendaient sur le perron. Ça va être trop bien !

Il savait déjà. Ça allait être l'horreur, oui !

Quand Tiffany ouvrit la porte, Jess sursauta.

– Salut Jess ! Jack dit que tu es la star de la soirée,

fit-elle d'un ton sadique. Personne d'autre n'a pu voir la cassette, alors on est tous impatients de savoir ce que t'as fait !

Jess mima ce qu'elle espérait être un sourire cool et méprisant puis emboîta le pas à Tiffany dans son interminable couloir.

Ils pénétrèrent dans l'immense salon sous les applaudissements. Tout le monde était là. Et, bien sûr, le film allait être projeté sur un écran plasma dernier cri.

– Regarde-moi ça ! souffla Ben alors qu'ils s'asseyaient dans un coin. (Pas assez sombre, malheureusement.) Un écran 42 pouces avec Fasttext et Sound System AFB Dome !

Jess était incapable de renchérir. Quel bonheur de ne pas être un garçon, autrement dit un individu qui s'intéresse à ce genre de détails. L'idée même d'un écran de 42 pouces la déprimait. Ses seins exposés à la vue de tous sur 42 pouces d'écran... Ses seins encore plus grands qu'en réalité, Jess faisant à peine du 80 A !

À l'autre bout du salon, blottie dans les bras de Mackenzie, Flora lui fit des gestes frénétiques et lui envoya des baisers très énervants. Tout au fond, serré avec cinq autres types sur le canapé, se tenait Fred. Il lui fit une grimace simiesque et le signe de la victoire. Jess haussa les sourcils d'un air qu'elle espérait cool, mais elle se coinça la paupière et dut cligner de l'œil comme une folle, un peu comme l'écran de télé qui se brouille pendant une retransmission de foot. Elle ne rendit pas son signe de la victoire à Fred : ça ne correspondait pas du tout à son humeur. Jack, le frère de Tiffany, un gars plutôt gros et sinistre, se leva. L'assemblée rugit de plaisir. Il fit un geste de retour au calme.

– C'est bon, c'est bon ! Je suis pour l'instant le seul à avoir vu cette vidéo, mais je peux vous affirmer qu'elle est chaude, très chaude !

Les garçons se mirent à taper du pied, les filles à hurler. Jess aurait voulu être n'importe où sauf là. Même en heure de colle. Elle aurait préféré faire la vaisselle pendant six heures plutôt que de passer une seule seconde dans cet enfer. Mais elle n'avait pas le choix.

– Dernière chose ! lança Jack. Je voudrais vous dire, les filles, qu'on apprécie vraiment votre coopération, et pour vous témoigner notre gratitude, on vous montrera ensuite une course de voitures !

Les garçons poussèrent un cri bestial, les filles hurlèrent de dégoût. Sauf Alice Fielding, qui était folle de Michael Shumacher.

– Pour que vous ne soyez pas obligées de rougir, on va éteindre les lumières. C'est bon, Sam ?

Le garçon debout près de la porte appuya sur l'interrupteur. C'était le moment où jamais. Jess sortit ses ciseaux et plongea vers le bouton eject. Mais elle se sentit attrapée par deux garçons avant d'atteindre le magnétoscope.

– Belle tentative, Jordan, fit Jack. Faites-la asseoir, les gars.

Harry Oakham et Joe Marks s'exécutèrent. On lui confisqua les ciseaux. Jess était prisonnière. Elle baissa la tête et ferma les yeux.

« Mon Dieu, je vous en supplie, pensa-t-elle dans une dernière tentative d'échapper à la honte absolue, Aidez-moi ! Que mon ange gardien provoque une panne d'électricité ! Tout ce que vous voulez ! Je vous promets que si je m'en sors, je ne serai jamais plus une mauvaise fille ! » Ambitieux, mais il fallait au moins ça pour une intervention divine. Cela dit, à tous les coups, Jess était tombée sur la boîte vocale de Dieu...

Le moment de l'humiliation absolue approchait. Jess entendit la cassette se mettre en route, mais une musique de dessin animé s'éleva. Jack poussa un cri. Quelques garçons protestèrent. Il y avait un problème. Jess releva la tête et, à sa grande stupéfaction, découvrit le générique de *Blanche Neige et les sept nains*.

– Rallumez, putain ! cria Jack en fouillant dans les cassettes par terre sous l'écran qu'il inspecta l'une après l'autre en les jetant au fur et à mesure avec des gestes frénétiques.

– Quel est le connard qui a pris la cassette ? finit-il par demander, fou de rage. Rendez-la-moi tout de suite !

– C'est Howells ! cria l'un des garçons.

Gary Howells protesta de son innocence, il fut néanmoins malmené et fouillé, mais la cassette resta introuvable.

– Allez, c'est pas grave, fit John Woodford. De toute façon, on s'en tape de ce que les filles font dans les toilettes !

Les garçons se mirent à hurler. De déception autant que de plaisir. Jack avait l'air furieux, mais il proposa de regarder la cassette plus tard, quand il aurait remis la main dessus.

Jess poussa un immense soupir de soulagement et, pour la première fois de sa vie, se prépara à regarder avec plaisir une course de voitures. Personne n'avait jamais autant eu envie de voir des voitures tourner sur un circuit, même les types obèses installés avec une bière devant la télé. « Merci mon Dieu ! pensa-t-elle. Mon ange gardien, qui que tu sois, merci ! C'est le meilleur moment de ma vie jusqu'à présent ! »

Un seul petit détail lui posait problème. Quelques instants plus tôt, elle avait promis à Dieu que, s'il la sortait d'affaire, elle ne serait plus jamais une mauvaise fille. La promesse allait être dure à tenir...

La fête se termina de bonne heure car les courses

de voitures, ça n'avait jamais passionné les filles. Jess rentra chez elle à dix heures. Une bonne idée, car sa mère était déjà en colère.

– Je t'ai déjà dit que je ne suis pas d'accord pour que tu sortes en semaine, annonça-t-elle. Où étais-tu ?

– Chez Tiffany, marmonna Jess. Pour regarder une vidéo. Et si tu veux savoir, c'était super chiant.

Le lendemain, le lycée bourdonnait de rumeurs sur l'identité du voleur. Les ragots fusaient. La cassette aurait été vendue à un homme d'affaires japonais, une chaîne du satellite l'avait achetée, ou encore Jack n'aurait en fait jamais rien filmé. Jess faisait profil bas et croisait les doigts. La veille, elle avait été sauvée par une intervention divine. Mais la cassette pouvait refaire surface à tout moment, et la séance de visionnage être programmée en un instant.

Jess s'efforça de faire sa bonne fille pour tenir sa promesse. Elle n'avait pas envie de tout gâcher pour un instant d'inattention. Heureusement, Ben Jones était absent, elle ne fut donc pas tentée par un péché dans le genre luxure. Elle écouta en cours d'histoire et s'appliqua à écrire avec soin. Elle se mit au premier rang en anglais et leva la main pour répondre d'une voix étincelante de vertu. En sport, elle se démena tout en s'efforçant de ne pas trop transpirer, car Dieu n'aimerait sans doute pas ça. Elle ne dessina pas sur ses mains, ne griffonna pas et ne rêvassa pas. À la fin de la journée, elle était radieusement chrétienne mais totalement épuisée.

– Ça va? lui demanda Flora. Tu as été un peu bizarre aujourd'hui. Qu'est-ce qui t'arrive?

– Oh rien. J'ai mal à la tête, c'est tout. Je vais rentrer de bonne heure et ranger ma chambre.

Elle revint chez elle d'un pas lourd. Les autres s'étaient retrouvés au Dolphin Café, mais Jess ne voulait plus jamais entendre parler d'enregistrement vidéo.

Sa maison lui sembla encore plus accueillante qu'à l'accoutumée. La présence de sa grand-mère la rendait chaleureuse. Peut-être parce qu'elle mettait du chauffage même en cette saison, et qu'elle faisait sans cesse du thé. Une délicieuse odeur flottait en provenance de la cuisine.

– Mamy nous a préparé un ragoût, annonça la mère de Jess depuis son bureau où elle réglait des factures.

Le téléphone sonna. Elle décrocha, puis tendit le combiné à Jess avec une expression agacée.

– C'est Fred, annonça-t-elle, et elle partit jeter un coup d'œil à la cuisine, histoire de s'assurer que mamy n'ait pas ajouté de chauve-souris ou de crapauds à son ragoût.

Jess s'empara du téléphone, tout à coup terrorisée.

Fred l'appelait rarement. Peut-être qu'il téléphonait pour la prévenir que quelqu'un avait retrouvé la cassette.

– Salut, Fred !

– Rejoins-moi dans cinq minutes à l'arrêt de bus, dit-il très vite. Je dois te rendre ton exemplaire de *La Nuit des rois*.

Jess était surprise. D'habitude, Fred ne faisait pas des phrases si courtes. Et puis, il lui avait déjà rendu son exemplaire au lycée. Il avait une voix sinistre. Ce n'était pas bon signe. Jess attrapa sa veste.

– Où vas-tu ? demanda sa mère. Le dîner est presque prêt.

– J'en ai pour une minute ! cria Jess en partant à toute vitesse. Je vais chercher *La Nuit des rois* que Fred m'a empruntée.

Jess portait un jean et des baskets. L'arrêt de bus, à peu près à mi-chemin de chez Fred et chez elle, n'était pas loin. Elle dévala la rue, et son cœur se mit à battre la chamade. À cause de la peur, mais aussi du manque d'exercice. Fred était déjà à l'arrêt. Elle apercevait sa grande silhouette maigre.

– Je ne pouvais rien te dire par téléphone, annonça-t-il d'un air mystérieux sous sa capuche, car ma mère écoutait. Je me suis dit que tu serais contente d'avoir ça.

Il lui tendit un paquet dans un sac épais.

– Qu'est-ce que c'est ?

– La cassette de chez Tiffany. Hier, je suis arrivé le premier et je l'ai piquée pendant que Jack était aux toilettes. Ensuite, je l'ai cachée dans mes grandes poches.

Jess ressentit une terrible envie de sauter au cou de Fred. Mais elle savait qu'il détestait ce genre d'effusion.

– Fred, tu es génial ! Tu ne peux pas imaginer combien c'est important pour moi. Puis elle demanda tout à coup : Tu l'as regardée ? en se sentant rougir de la racine des cheveux jusqu'au bout des orteils.

Fred se contenta de hausser les épaules d'un air énigmatique.

– Des filles qui vont aux toilettes ? J'aime encore mieux un documentaire animalier !

Jess essaya de le questionner pour savoir s'il mentait, mais avec Fred, c'était impossible à dire.

– Je ne te demande qu'une seule chose, ne dis à personne que c'est moi qui ai pris la cassette. J'aimerais atteindre l'âge adulte avec toutes les parties de mon corps.

– Je te jure que je ne le raconterai jamais à personne ! promit Jess. Fred, je te dois une fière chandelle. Dis-moi ce que je peux faire pour toi. Je suis prête à ramper jusqu'en Afrique pour te ramener une mangue entre mes dents. Tout ce que tu veux.

– Inutile. En adolescent qui se respecte, je déteste les fruits comme le vampire déteste la lumière du jour. Inutile de me reparler de cette cassette. En ce qui me concerne, elle n'a jamais existé. Salut !

Et il s'en alla.

Hallucinant ! Jess rentra chez elle en serrant le terrible paquet contre elle. Pas question de le jeter dans une poubelle. Elle ne serait en paix que lorsque cette cassette aurait été bouillie, saisie, rôtie, grillée, mixée et réduite en purée. Mais peut-être qu'avant, elle allait quand même y jeter un petit coup d'œil.

Les miettes sous votre lit vont se transformer en moisissures vivantes et se glisser dans vos narines pendant votre sommeil. 12

Jess rentra à l'instant où sa mère posait le ragoût sur la table. Sa grand-mère lui lança un regard plein d'excitation.

– En Écosse, un inspecteur des impôts, rien de moins, a assassiné sa femme et l'a fait cuire au barbecue !

– Pour l'amour du ciel, mamy, fit la mère de Jess. Pas à table ! Jess, va te laver les mains. Il faut se méfier des virus qui traînent.

Jess posa le paquet sur sa chaise et alla se laver les mains dans l'évier. Elles prenaient toujours leurs repas dans la cuisine, une pièce lumineuse qui donnait sur le jardin.

– De mon temps, il n'y avait pas de virus, fit remarquer mamy. En revanche, l'une de mes voisines est morte étouffée par une Francfort.

Mamy parlait souvent des saucisses de Francfort, qu'elle abrégeait en Francfort, mais elle refusait obstinément d'en manger. Allez savoir pourquoi…

« Tant que je serai capable de faire du lancer de Francfort, je n'en mettrai pas une dans ma bouche », avait-elle déclaré un jour, ce qui donna à Jess l'idée de créer les Jeux gériatriques, dont le lancer de saucisse serait l'épreuve phare. Dommage qu'elle n'ait jamais eu le temps de les organiser.

– C'est quoi ce paquet, Jess? demanda sa mère.

Jess rougit.

– *La Nuit des rois* que Fred m'a empruntée.

– Et pourquoi rougis-tu, dans ce cas? insista sa mère.

– Fred est ton petit ami? demanda mamy avec un clin d'œil.

– Mais non, mamy! C'est juste un copain! Je préférerais nettoyer le perron avec ma langue plutôt que de sortir avec un mâle de ce genre!

Jess posa le paquet sous sa chaise et prit l'expression la plus détachée possible. Comme s'il n'y avait là rien d'autre qu'une pièce de Shakespeare.

La mère de Jess servit le ragoût.

– Chic, ça a l'air bon! Je meurs de faim! s'exclama Jess. J'adore le ragoût de mamy! Pas toi, maman? Il est toujours délicieux.

Elle aurait dit n'importe quoi pour que sa mère oublie le mystérieux paquet.

– Bon appétit! dit sa grand-mère avec un grand sourire. Je déteste les sushis, mais j'adore le ragoût. Cette fois, j'ai mis un peu d'origan pour donner une touche italienne.

– Et si on allait en Italie cet été toutes les trois? lança Jess. Ils adorent les grands-mères là-bas. J'ai vu un film italien un jour, il y avait plein de grands-mères assises sous les arbres qui jetaient des sorts aux gens. Hein, maman, qu'est-ce que tu en penses?

– Sur le principe, dit sa mère en prenant une gorgée d'eau d'un air las, je serais ravie de vous emmener en Italie et de vous faire découvrir les trésors de la Renaissance, mais je crains que cette année nous n'en ayons pas les moyens.

Et elle plongea la fourchette dans son ragoût. Ouf, le mystérieux paquet semblait tombé aux oubliettes.

– Et quel est ton peintre préféré, maman?

– Botticelli.

Jess le savait déjà. Il y avait des tableaux de Botticelli partout chez elles. Pas des originaux, malheureusement. La mère de Jess ne possédait que des reproductions. Quand on avait un véritable Botticelli chez soi, c'est que l'argent ne posait pas de problèmes. Si elles avaient eu un Botticelli à la maison, elles auraient sans doute eu aussi une résidence secondaire en Italie! Avec piscine...

Il y avait la *Naissance de Vénus* dans la salle de

bains : une superbe blonde émergeant d'un coquillage qui flottait sur la mer. Les dieux soufflaient, et une servante lui offrait une cape gonflée par les vents. La mère de Jess avait un jour maladroitement fait remarquer que la déesse avait un petit air de Flora.

Encore plus énervant, le Botticelli du salon représentait *vraiment* Flora. Pas Flora Barclay l'amie de Jess, mais Flora la déesse du printemps. Qui ressemblait d'ailleurs à Flora Barclay. Déesse du printemps et déesse de l'amour. Avoir une amie semblable non pas à une, mais à deux déesses, c'était un coup dur. Surtout quand, par ailleurs, on avait tendance à trouver à Jess une ressemblance avec le singe du célèbre *Singe au raisin*, ou le bien connu chien de *Nature morte avec pitbull, frites et salade* d'Alessandro Poggibotti.

– Si tu étais une déesse, laquelle serais-tu, mamy? demanda Jess.

Sa grand-mère réfléchit une minute.

– La déesse des dents. Je m'arrangerais pour que personne ne les perde, soupira-t-elle. C'est ce que j'aime dans le ragoût : ça s'avale tout rond. De nos jours, je serais incapable de manger une côtelette d'agneau.

– Et toi, maman, de quoi aimerais-tu être la déesse?

Jess commençait à se détendre un peu. Et même à se sentir bien.

Elle se demanda à son tour de quoi elle aimerait être la déesse. Des seins, peut-être. Elle se débrouillerait pour que tout le monde ait de gros seins pendant toute la vie. Mais pas les hommes. Quoique? Si tout le monde avait des seins, peut-être que les hommes ne feraient pas tout un fromage de ceux des femmes. De toute façon, les sumos déjà...

– Moi, je serais la déesse des paquets mystérieux, déclara tout à coup la mère de Jess. J'aurais des rayons X à la place des yeux, comme ça je pourrais savoir ce qu'il y a dans un paquet sans être obligée d'avaler des tas de mensonges.

– Dans ce cas, tu pourrais travailler dans un aéroport, ma chérie, renchérit mamy. Même si je trouve les bibliothèques plus sûres. Jusqu'à présent, il n'y a jamais eu d'attaque terroriste dans une bibliothèque, n'est-ce pas?

– J'aimerais bien voir des terroristes à l'œuvre chez moi, fit la mère de Jess. Ils n'iraient pas plus loin que le rayon jardinage! Alors, Jess, qu'y a-t-il dans ce paquet? demanda-t-elle à sa fille prise au dépourvu.

Jess rougit de plus belle et répondit :

– Je te l'ai déjà dit : *La Nuit des rois*. Mais pourquoi tu insistes comme ça?

– Je suis sûre que c'est de la drogue! répondit la mère de Jess sur un ton emphatique.

– Mais non, maman! Je n'ai jamais touché à la drogue! Et je n'en prendrai jamais! J'évite même l'aspirine! Je le jure sur la tête de... (Jess chercha autour d'elle, se leva et attrapa près de la fenêtre une urne en cuivre.) Je jure sur la tête de grand-père avec ses chapeaux fous et ses longs poils qui dépassaient du nez qu'il n'y a pas de drogue dans ce paquet. Je n'ai jamais touché à la drogue, et je n'y toucherai jamais, annonça Jess en plaçant avec solennité la main sur l'urne contenant les cendres de son grand-père.

Sa grand-mère promenait les cendres de son défunt mari partout. Elle n'avait pas encore trouvé le bon endroit pour les disperser, quoiqu'elle promette toujours de s'en occuper. Alors elle gardait l'urne près d'elle. Dans sa maison, elle trônait sur le buffet.

Désormais, elle était à la fenêtre de la cuisine. D'un point de vue hygiénique, ce n'était sans doute pas terrible. C'était déjà dur d'héberger un grand-parent vivant... En revanche, c'était très pratique quand il s'agissait de jurer sur un objet sacré.

Jess lança un regard de défi à sa mère. Allait-elle enfin admettre qu'il n'y avait pas de drogue dans le paquet, ou exiger de voir la pièce de Shakespeare? Et si sa mère découvrait que le paquet contenait une cassette vidéo et demandait à la visionner?

Si Jess devait supporter que sa propre mère découvre la terrible scène du minestrone... elle en mourrait de honte. Et il y aurait bientôt une seconde urne dans la cuisine à côté de celle du grand-père.

Vos crottes de nez vont tout à coup se voir pousser des pattes et partir en promenade sur votre visage. 13

Jess prit une profonde inspiration. Elle ne voyait qu'une issue possible.

– D'accord, maman, je l'admets, ce n'est pas *La Nuit des rois*.

– Je le savais, dit sa mère d'un air satisfait. Je vois d'ici ton exemplaire dépasser de ton sac.

Une fois de plus trahie par ses mensonges et son manque d'ordre ! Jess se demanda si ces choses-là entraient dans les critères pour devenir une bonne fille. Dans ce cas, ses chances d'aller au paradis se réduisaient à néant...

– Mais ce n'est pas non plus de la drogue, maman. Je ne ferais jamais quelque chose d'aussi stupide. Et Fred non plus. Il ne prend même pas de paracétamol ! Tu peux me croire, je te le jure.

– Dans ce cas, qu'est-ce que c'est ? Inutile de me mentir, Jess.

– Une vidéo, admit Jess, espérant bien, cette fois, en rester là.

– Quel genre de vidéo ? Une vidéo suspecte, de toute évidence, sinon tu n'aurais pas commencé par me mentir. Est-ce une vidéo pour adultes ?

– Non.

– Un film d'horreur ? demanda grand-mère. Si c'est le cas, je veux bien y jeter un coup d'œil. J'en ai vu un formidable avec des zombies.

– C'est un truc ridicule. Tu te souviens que je suis allée à une fête chez Tiffany le week-end dernier, n'est-ce pas ? Le lendemain, on a appris que son frère avait caché une caméra dans les toilettes des filles. Toutes celles qui sont allées aux toilettes figurent sur la vidéo. On était écœurées, évidemment. Les garçons ont organisé une projection. Où j'étais hier soir. Ils voulaient montrer la vidéo à tout le monde.

– Les hommes... Typique de leur conception de l'amusement ! Primitifs et immatures, cracha la mère de Jess.

– Ouais. Bref, Fred a réussi à subtiliser la cassette et à la cacher. Et il vient de me la donner pour que je puisse la détruire.

– Je veux la voir, demanda sa mère en tendant la main.

Heureusement que Jess avait dit la vérité, et non pas raconté qu'il s'agissait d'une cassette sur les romans de Charles Dickens expliqués aux enfants, ou les animaux marins de la barrière de corail. La mère de Jess fila au salon et glissa la cassette dans le magnétoscope. Jess et sa grand-mère s'installèrent sur le canapé. Jess avait beau avoir dit la vérité, son cœur battait à tout rompre. Elle ignorait à quel moment elle allait apparaître, mais à l'idée que sa mère et sa grand-mère regardent cette mascarade, elle avait envie de hurler et de s'enfuir à Bornéo. Sans avoir la moindre idée d'où se trouvait Bornéo. Très loin, de toute façon. Le pire, ce serait quand elles apprendraient que Jess appelait ses seins Bonnie and Clyde. Imaginez que votre mère et votre grand-mère découvrent ça!

Il y eut d'abord une image floue, puis la caméra se mit au point sur un angle des toilettes. On voyait le lavabo et le mur, mais pas la cuvette. Pendant un long moment, il ne se passa rien. C'était comme une caméra de surveillance : une image fixe en noir et blanc. Personne ne remporterait d'Oscar avec un truc pareil. Les romans de Charles Dickens expliqués aux enfants auraient été beaucoup plus passionnants.

Puis une fille du nom de Sophie que Jess connaissait à peine entra. Elle alla directement vers la droite de l'écran, se retourna et disparut. On pouvait imaginer qu'elle descendait son pantalon, mais c'était hors cadre.

– Eh bien, si c'est tout ce que les garçons ont obtenu, c'est un bien piètre spectacle ! J'ai des vidéos plus cochonnes à la bibliothèque ! annonça la mère de Jess, qui retourna faire la vaisselle dans la cuisine.

Jess continua à regarder la vidéo. Sophie remonta son pantalon et se lava les mains. Puis elle vérifia son maquillage et remit un peu de mascara. Pendant des heures.

– J'aimerais que quelqu'un vienne l'assassiner, déclara mamy.

– Mamy, tu as vu trop de films policiers. Personne ne pourrait entrer dans ces toilettes, sauf par la cuvette.

– Ce serait une bonne idée. Un assassin en homme grenouille armé d'un harpon.

– Le harpon ne passerait jamais par les tuyaux, mamy…

Jess commençait à se sentir mieux. Mais elle continuait à espérer que sa grand-mère aille se coucher.

Sophie finit de se maquiller et sortit. Nouvelle attente. Puis Alice Andrews entra, retira ses lentilles, les rinça et se mit des gouttes dans les yeux. Puis se moucha. Se lava les mains. Chercha quelque chose dans son sac. Jeta un dernier coup d'œil à la glace et sortit.

– Je m'ennuie un peu, Jess. On ne pourrait pas plutôt regarder *Crocodile Dundee ?*

Jess avait envie de voir la suite, mais sans sa grand-mère. Elle ignorait combien de filles étaient allées aux toilettes avant elle. Jess pouvait apparaître à tout moment avec du minestrone dans le décolleté.

– D'accord, mamy.

Jess mit *Crocodile Dundee* et emporta la cassette dans sa chambre en racontant qu'elle avait des devoirs à faire, ce qui était vrai : elle n'avait toujours pas rendu sa dissertation. Mais une fois là-haut, le désordre et l'immensité de ce nouveau lieu la détournèrent de ses premières intentions. Les sacs-poubelle en plastique noir remplis de ses affaires jonchaient le sol. Jess aurait dû s'installer à son bureau et reprendre son brouillon afin de déterminer si *La Nuit des rois* « qui recelait une certaine dose de tragédie, n'en restait pas moins une comédie ». À la place, elle se mit à trier ses vêtements, à les plier et à les ranger avec soin dans les tiroirs. C'était la première fois de sa vie qu'elle faisait une chose pareille, pourtant cette tâche lui parut étrangement agréable.

Une demi-heure plus tard, sa mère vint frapper à sa porte.

– Je suis désolée de ne pas t'avoir fait confiance pour la cassette, ma chérie, dit-elle en la prenant dans ses bras. Je suis un peu fatiguée aujourd'hui. Ta grand-mère va se coucher, tu peux descendre lui dire bonsoir ?

– Bien sûr !

Jess courut au rez-de-chaussée embrasser sa grand-mère assise sur ce qui avait été son lit. La chambre était très différente, maintenant. Même le lit avait changé de place.

– Jess, veux-tu bien aller me chercher grand-père? Au cas où je parte dans mon sommeil, je ne voudrais pas être séparée de lui, fit sa grand-mère avec un clin d'œil malicieux.

Pour quelqu'un qui pensait sans cesse à la mort, elle était incroyablement gaie.

Jess alla chercher l'urne dans la cuisine et la posa sur la table de nuit.

– Si Dieu me le permet, je les éparpillerai dans la mer un jour, lui confia sa grand-mère. Mais si je pars trop tôt, tu me promets de t'en charger? Il faudrait aller en Cornouailles, dans le petit village où nous avons passé notre nuit de noces.

Jess promit, tout en assurant à sa grand-mère que celle-ci était en pleine forme et qu'elle vivrait sans doute centenaire.

– Je n'ai pas envie de confier la garde de grand-père à ta mère, expliqua sa grand-mère d'un ton conspirateur. Elle serait capable de le répandre sur le carré de choux-fleurs!

Jess lui promit qu'elle empêcherait sa mère de disperser son propre père sur les légumes, et recouvra la liberté. Elle courut à l'étage chercher la cassette.

– Jess! appela sa mère quand elle passa devant la porte du placard à balais. Je suis épuisée, je me couche. Tu pourras vérifier que toutes les lumières sont éteintes, ma chérie? Laisse uniquement le couloir du rez-de-chaussée allumé au cas où mamy doive aller aux toilettes pendant la nuit.

Jess promit, embrassa sa mère et fila voir la fin de la cassette. Elle passa en accéléré les moments où il ne se passait rien, mais découvrit des scènes surprenantes. Tout d'abord, deux filles entrèrent ensemble : Shona Miles et Lily Thornton. Shona se recoiffa pendant que Lily s'asseyait sur les toilettes. Imaginez faire pipi en présence de quelqu'un d'autre! Jess savait que Shona et Lily étaient inséparables. Mais jamais, au grand jamais, elle n'irait aux toilettes devant Flora. Elle avait entendu dire qu'en Inde, les gens faisaient leurs besoins dans la rue. Eh bien, on pouvait être sûr qu'elle ne visiterait pas l'Inde! Elle détestait jusqu'aux tableaux accrochés dans les toilettes : elle avait l'impression que les portraits la regardaient d'un air moqueur.

Puis Lily épila les sourcils de Shona, et elles se parfumèrent. Et là, surprise, s'embrassèrent. Pas un petit bisou amical sur la joue, un vrai baiser de cinéma! Une bonne grosse pelle! Jess avait beau aimer les lesbiennes, elle fut choquée car elle ne s'y attendait vraiment pas. Lily et Shona étaient donc lesbiennes?! Pourtant, Lily était déjà sortie avec deux garçons ! Peut-être qu'elle était bi... Jess se demanda si elle-même ne l'était pas un peu. Parfois, elle flashait vraiment sur Macy Gray.

Lily et Shona quittèrent l'écran, puis quelqu'un d'autre entra en trombe et disparut sur le côté : Donna Fielding, qui avait visiblement une envie pressante. Elle ne se lava pas les mains après. « Dégoûtant ! » s'écria Jess. Elle n'irait plus jamais manger chez Donna. Puis ce fut le tour de Jodie Gordon, qui s'adonna à une longue séance de massacre de points noirs. Menton, front, épaules, même le décolleté. Jess regarda la scène avec fascination et horreur. Pour finir, Jodie fit la grimace au miroir, prononça quelques mots, éclata de rire et partit.

Il se faisait tard, et Jess devenait impatiente. Elle fit avancer la cassette jusqu'au terrible moment où elle se reconnut. Mais elle disparut aussitôt du côté des toilettes. On ne vit à l'écran ni le moment où elle se débarrassait de ses sachets de soupe, ni celui où elle tirait la chasse d'eau.

Puis elle s'approcha du lavabo et retira son petit top. Le lavage de ses seins était certainement la meilleure séquence, mais ça ne dura pas, car elle se sécha et se rhabilla en vitesse. Et même si on voyait ses lèvres bouger, personne ne pouvait comprendre son terrible secret – qu'elle parlait à Bonnie and Clyde.

Elle éjecta la cassette et alla à la cuisine, d'où elle entendit sa grand-mère ronfler doucement. Il n'y avait aucun bruit en provenance de la chambre de sa mère. Elle se demanda comment détruire la cassette. Elle remplit l'évier d'eau et l'y plongea. Puis elle la posa par terre et sauta dessus à pieds joints. Pour finir, elle ramassa tous les petits bouts et mit le tout à la poubelle.

Une fois au lit, elle comprit que la situation n'était pas si grave qu'elle l'avait craint. Personne ne saurait jamais pour le minestrone, ni pour Bonnie and Clyde. Certes, elle était apparue torse nu. Mais elle préférait ça à se montrer en train de se percer les boutons ou encore d'embrasser une autre fille!

Et puis, elle se sentait bizarrement rassurée quant à son apparence. Bonnie and Clyde n'étaient pas si microscopiques qu'elle l'imaginait. D'accord, elle ne serait jamais célèbre pour son tour de poitrine, elle pourrait toujours voir ses pieds et franchir les portillons sans problème. Et elle ne risquait pas de faire tomber d'inestimables vases de Chine rien qu'en se retournant. Il n'empêche, Bonnie and Clyde étaient bien proportionnés.

Et même si Jack, et peut-être certains de ses copains, avaient vu la cassette, elle s'en moquait, parce que de toute façon ils étaient plus âgés et qu'elle ne les connaissait pas vraiment. L'important, c'était que Ben Jones ne l'ait pas vue. Ni Mackenzie.

Quant à Fred, il lui avait juré ne pas avoir regardé la vidéo, disant qu'il préférait encore un documentaire animalier. Était-ce vrai ? Avec lui, impossible de savoir. Jess se demanda si ça l'embêtait que Fred l'ait peut-être vue. Une chose était sûre : il s'était conduit en héros. Elle lui devait une fière chandelle. Elle se demandait bien comment lui renvoyer l'ascenseur.

Vous allez découvrir que le panier à linge est à la solde du diable . 14

– Le voleur de cassette est vraiment un connard, déclara Mackenzie.

Ben, Flora, Jess et Mackenzie étaient assis sur le muret devant les labos de sciences. Le sujet de la vidéo revenait une fois de plus sur le tapis. Mais désormais certaine que personne ne retrouverait jamais la cassette, Jess s'en foutait. Son ange gardien s'appelait Fred Parsons. Drôle de nom pour un ange gardien, et alors ?

– Jack dit que cette cassette, c'était de la dynamite ! Trop cool ! Chanmé ! On a raté un grand moment !

– En tant que co-vedette de cette sordide comédie, lâcha Jess, je serais reconnaissante au connard en question de la détruire.

– Pas besoin d'être aussi furieuse, fit Flora, qui supportait mal que Jess s'en prenne à Mackenzie. C'était drôle, voilà tout !

– Si tu étais allée aux toilettes et que tu aies fait des choses intimes devant la caméra, tu n'aurais pas trouvé ça drôle du tout ! rétorqua Jess.

Flora fronça les sourcils, tourna la tête et soupira, comme si Jess l'agaçait. Jess fixa l'horizon, mais dans son champ de vision se trouvaient les deux garçons. Ben Jones était plongé dans la contemplation de ses baskets. Il n'avait pas dit un mot depuis dix minutes. Quel splendide quatuor ils formaient ! Tout à coup, il lança à Mackenzie :

– Qu'est-ce qu'il y a comme logiciels sur le nouveau PC de ton père ?

Mackenzie eut l'air soulagé.

– Carte son sound blaster compatible, contrôleur Intel Extrême Graphics intégré, amplis Harmon Kardon 395, Microsoft works 7.0 et Dell Picture Studio Software.

– Cool ! Et il a combien de mémoire ?

– 60 Gigas.

« Typique des garçons ! pensa Jess. Incapables d'exprimer la moindre émotion. »

– C'est étrange comme les mecs adorent se réfugier dans la technologie, fit remarquer Jess. Le seul qui ne fasse pas ça, c'est Fred.

Cela dit, son père non plus n'y connaissait rien en technologie. Le jour où sa voiture était tombée en panne, au lieu de plonger les mains dans le moteur et de rebouter ou rabibocher le machin-bidule, il l'avait implorée : « Ada, je t'en supplie, je t'en supplie! Sois une bonne fille, démarre! Je t'offrirai un bidon d'huile pour ton dîner. » Mais, comme Ada refusait obstinément de démarrer, il se mit à l'insulter : « Espèce de salope! Tout est fini entre nous! » en donnant des coups de pied dans la carrosserie. Jess avait alors pris conscience que son père n'était pas comme tout le monde. C'était un artiste...

– Mais tu dois reconnaître que Fred est un peu bizarre, fit Flora.

– Bizarre? répliqua Jess. Qu'est-ce qu'il a de bizarre? Sauf si original et brillant est ta définition du bizarre. Si ça te met plus à l'aise, tu peux t'en tenir à la médiocrité ambiante!

Flora, qui n'avait pas le tempérament explosif de Jess, se renfrogna. Néanmoins, elle était aussi tenace qu'un chien avec son os.

– Il est un peu solitaire, non? Et puis, il a une drôle de façon de parler. On dirait un personnage de Jane Austen. Et toi, tu passes ton temps à l'imiter.

– Non, je ne l'imite pas! explosa Jess.

Tous deux mal à l'aise, Ben et Mackenzie s'agitaient.

– T'aimes bien Grand Theft Auto 3? lança Mackenzie à Ben.

Et voilà, maintenant c'était le tour des jeux vidéos.

Ben réfléchit une minute.

– Ouais, mais pas autant que... je sais pas, Splinter Cell sur Xbox.

C'était reparti.

– Dans la mesure où la plupart des garçons parlent comme des robots, lança Jess d'un air glacial, un mec qui s'exprime comme dans un roman de Jane Austen devrait recevoir une médaille, pas se faire traiter de débile!

Folle de rage, elle bondit du muret et s'en alla.

Elle ne supportait pas que Flora se place dans le camp des garçons. Voir des filles aux toilettes n'avait rien de drôle, c'était une violation de leur intimité. Flora s'en foutait, puisqu'elle n'était pas concernée, comme d'habitude. L'ange gardien qui semblait veiller sur toutes les jolies et riches blondes veillait aussi sur elle : par miracle, Flora n'avait pas eu envie de faire pipi de toute la soirée.

Jess bouda pendant tout le cours de français : elle s'assit à l'autre bout de la classe et, à la pause, ignora Flora. Elle imagina une scène où miss Jessica Jordan faisait arrêter son carrosse devant un taudis. Elle baissait la vitre – ou faisait ce qu'on faisait avec les vitres de carrosse – et jetait un coup d'œil dehors.

Vêtue de haillons, miss Flora apparaissait à la porte, le regard honteux. « Pardonnez-moi, miss Jordan » suppliait-elle en se jetant à ses pieds. Je me trompais. Sir Frederick est un homme exemplaire. J'ai été détournée du droit chemin par les attentions d'autres gentlemen. Je vous en supplie, pardonnez-moi. »

« Inutile de t'humilier à ce point, répondait sèchement miss Jordan. Ce n'est pas une attitude convenable. Voici un souverain. Va aux bains et achète-toi une modeste cape de laine grise. Antoine, roulez ! » Et le carrosse de miss Jordan s'éloignait tandis que miss Flora cherchait désespérément le souverain dans la poussière.

Le cours de géographie fut particulièrement pénible. Au programme : les réserves minières de Pittsburgh. Jess sentit sa mauvaise humeur croître. Avec cette superbe planète qui leur tendait les bras, pourquoi les profs de géo ne parlaient-ils que de mines de charbon ou de marais salants ? Et les forêts tropicales et leurs singes, les îles des mers du Sud avec leurs bandes de sable blanc et leurs cocotiers ? Jess était censée faire la liste des mines de charbon d'Amérique du Nord : aussi efficace qu'un somnifère en moins chimique. À la place, elle fit la liste des raisons pour lesquelles elle détestait Flora.

1. Superbe et sans une once de graisse : mince avec des gros seins (injuste !)

2. Parfaite santé.

3. Très douée : À dans toutes les matières.

4. Mère éhontément belle. Sans doute liftée.

5. Parents même pas divorcés et apparemment heureux (extra-terrestres ?).

6. Père riche et puissant. N'insulterait jamais sa voiture, une Mercedes, d'ailleurs.

7. Voiture qui ne tombe jamais en panne (voir ci-dessus).

8. Plusieurs salles de bains aux robinets dorés.

9. On doit retirer ses chaussures avant d'entrer chez eux, comme à la mosquée.

10. Les garçons la protègent en grognant comme des chiens qui veillent sur leur os.

C'est à cet instant que Mr. Chapman demanda à Jess de lire à voix haute sa liste de mines de charbon.

Après son heure de colle, Jess quitta le lycée avec le poids du monde sur les épaules. Dehors, l'attendaient Flora et Jodie Gordon, la reine des points noirs.

– Jess ! s'écria Flora. Je suis vraiment désolée ! J'ai été dégueulasse ! Je déteste qu'on se dispute ! Je t'ai acheté une barre au chocolat et un Pepsi, et je t'offre mon petit haut à rayures noires et dorées que tu aimes tant. Je t'en supplie, pardonne-moi !

Bon, d'accord, Flora n'avait pas proposé de ramper à plat ventre dans la poussière vêtue de haillons, mais c'étaient tout de même de jolies excuses. Et puis, Jess mourait de faim.

Elles s'embrassèrent et partagèrent la barre de chocolat. Jess se demandait ce que Jodie faisait là. Mais en réalité, cette dernière se révéla une alliée.

– Moi aussi, j'étais sur la cassette, annonça-t-elle. Je viens de l'avouer à Flora. Je me suis fait les points noirs pendant des heures devant la glace. Si les autres avaient vu ça, je serais morte de honte ! Les garçons sont des salauds, il ne faut jamais se laisser diviser par eux !

– Ouais, l'homme c'est l'ennemi, reconnut Flora.

Jess pensa à tous les bons moments qu'elle avait passés avec Flora depuis qu'elles se connaissaient. Une telle amitié n'allait pas être réduite à néant par des martiens !

Elles partirent toutes les trois. Rien de tel qu'une barre de chocolat pour vous réchauffer le cœur.

– Les garçons sont des animaux, dit Jodie.

Qui, elle aussi, avait une mère féministe.

– Ouais, fit Jess. Par exemple, Carter est un éléphant. Même si ce n'est pas gentil pour les éléphants. Et Whizzer, c'est un gorille ! Même s'il n'a pas un QI suffisant !

– Et Ben Jones ? demanda Flora d'un air taquin.

Jess serra les dents.

– On dirait un chameau, dit-elle d'un air de défi. Et Mackenzie, un gremlin. Avec une jolie tête et une belle fourrure, mais dont la morsure est terrible.

Flora eut l'air soulagé. À croire que l'élu de son cœur baissait dans son estime.

– Et Jack ? lança Jodie.

Jess pensa au frère de Tiffany, le concepteur du vidéo-gag.

– Une tarentule, déclara Jess. Il a les jambes couvertes de poils noirs. Je l'ai vu l'an dernier à la piscine. En apparence, il n'avait que deux pattes, mais je parie que les six autres étaient repliées dans son short de bain.

– Et Mr. Chapman ?

– Mr. Chapman est un âne.

Le prof de géographie avait en effet les cheveux gris, l'air las et un rire fort et étrange.

– Et mon père ? demanda Flora.

Jess se montra prudente.

– Ton père est le roi des animaux, dit-elle avec diplomatie. Un lion, bien sûr.

– Et le tien ? demanda Flora.

Jess songea avec tendresse à son père : sa nervosité, ses longues jambes maigres, son regard ahuri, sa passion pour le poisson.

– Mon père est un héron.

– Et Fred ? demanda Jodie.

Jess réfléchit. Fred, son comportement solitaire, son calme, sa passion pour les films sanglants.

– Fred est un hibou. Je le verrais bien arracher la

tête des rats la nuit. Pour ce qu'on en sait, c'est comme ça qu'il occupe ses heures de loisirs...

Quelques minutes plus tard, Jodie Gordon les salua et s'éloigna dans la rue qui menait chez elle. Par chance, elle y rencontra Guy, un garçon qu'elle aimait bien. Ils descendirent ensemble Finchfield Drive et Jodie lui confia, entre autres choses, que Jess avait raconté que Fred ressemblait à un hibou. Ce soir-là, Guy l'apprit à Tom Wilkins (par e-mail), qui le dit à Dave Sherman (par messenger), qui l'annonça à Henry Twerton, qui propagea la rumeur dans le lycée dès le lendemain. Jusqu'à Fred.

Tandis que la rumeur circulait, Jess était sur son canapé en train de regarder MTV et de manger une pizza en compagnie de Flora. Ça, c'était la vraie vie !

– Je suis tellement contente qu'on ne soit plus fâchées, Jess. Je ne peux rien faire sans toi. Et c'est cool que Ben et toi sortiez ensemble.

– Mais on ne sort pas ensemble !

– Pourtant, il t'a invitée à prendre un café ! Et le fast-food ! Et vous êtes arrivés ensemble au vidéo-gag !

– Ça ne veut rien dire. Il traîne avec moi parce que Mackenzie sort avec toi, c'est tout.

– Mais non ! Il est dingue de toi, tout le monde le sait. Il est juste un peu timide. Il attend le bon moment. Il a sans doute peur de faire le premier pas en public. Il veut te voir en tête à tête.

Jess se demanda si c'était vrai. Elle l'espérait, bien sûr. Ce soir-là, dans son lit, elle inventa un délicieux fantasme où Ben Jones louait une montgolfière et l'emmenait dans les airs pour qu'ils jouissent enfin d'une parfaite intimité. Elle espérait que Dieu ne s'en offusque pas. Jess avait beau savoir que Fred était son sauveur, elle se demandait quelle attitude avoir envers Dieu. En tout cas, elle croyait en Fred. C'était son ange gardien. Que ses longs cheveux soient bénis !

Votre ange gardien va perdre la boule et vous doter de cheveux bleus et d'yeux blonds. 15

Quelques jours plus tard, après le cours d'anglais, Fred se glissa près de Jess. La salle était vide, Mr. Fothergill ayant regagné d'un pas pesant la quiétude de la salle des profs, sans doute pour y commettre cet acte criminel qui consiste à tuer le temps avec une tasse de thé. Les autres s'étaient dispersés en un instant, Flora et Mackenzie se précipitant vers un coin secret pour s'admirer respectivement les lobes d'oreille et les sourcils, Ben partant à son entraînement de foot. Il ne restait que Jess, laquelle n'avait toujours pas fini sa dissertation sur *La Nuit des rois*, qui, « tout en recelant une certaine dose de tragédie, n'en restait pas moins une comédie ». Un peu comme la vie, en somme…

– Euh, tu pourrais me rendre un service ? demanda Fred.

– Un service ? répéta Jess. Après ce que tu as fait pour moi ? Demande-moi tout ce que tu veux ! J'espère que ça sera extrêmement douloureux et pénible !

– Bien sûr. Sinon, ça ne vaudrait pas le coup.

– Annonce-moi quel supplice m'attend, sourit Jess alors que Fred s'asseyait à un bureau et se mettait à tripoter ses longs cheveux. Au fait, ça me ferait vraiment plaisir que tu ailles chez le coiffeur.

– Ouais. J'attends juste le bon moment. Voilà. Demain, c'est l'anniversaire de ma mère.

– J'adore ta mère ! Elle est hallucinamment gentille !

– Alors voilà..., fit Fred en se renfrognant, je n'ai aucune idée de cadeau. Pourrais-tu lui acheter une preuve de mon affection, un truc de fille avec de la dentelle et des boutons de rose ? Si jamais on me voit dans un magasin de ce genre, ma crédibilité est réduite à néant pour plusieurs siècles, conclut-il en sortant un billet de vingt livres froissé de sa poche. Ne lésine pas. Et... Il hésita et rougit un peu. (Jess était intriguée. Qu'allait-il lui dire maintenant ? Faire une prudente allusion à de la lingerie ? On organise une petite fête demain à six heures. Elle a dit que je pouvais inviter quelqu'un, à condition que ce soit toi. Désolé de t'imposer ce cauchemar, mais ça fera plaisir à la vieille sorcière, dit-il en haussant les épaules et en penchant la tête sur le côté avec des yeux un peu brillants.

– Mais ce n'est pas un cauchemar, espèce de crétin ! J'adore ta mère ! Ça va être trop bien ! Je serai là avec un magnifique cadeau !

– Tu le dis à personne, hein ? conclut Fred en se levant. Même pas à Flora. Elle le dirait à Mackenzie qui le dirait à... Je ne veux pas que tout le monde soit au courant.

– Bien sûr !

Jess était impatiente d'aller à cette fête. Elle se sentait tellement bien chez Fred... Elle allait trouver un cadeau formidable pour sa mère. Vingt livres ! Fred devait avoir des économies secrètes, ou alors il avait cassé sa tirelire, car il était notoirement toujours fauché.

– Je dois y aller. J'ai club d'échecs, lança-t-il.

Il s'éloigna vers la porte et imita un étrange cri de chimpanzé avant de disparaître. Jess reprit sa dissertation sur Shakespeare. La salle était baignée de soleil. Pour une fois, la vie ne lui semblait pas entièrement noire. Elle s'était sortie de cette histoire de vidéo-gag, et maintenant, la mère de Fred l'invitait à son anniversaire ! C'était vraiment gentil de sa part. Jess espéra qu'il y ait du gâteau au chocolat.

Le lendemain, elle n'eut aucun mal à garder le secret.

– Qu'est-ce que tu fais après les cours ? lui demanda Flora.

– Rien, je rentre chez moi. Maman a une réunion de bibliothécaires à Oxford, alors je dois m'occuper de ma grand-mère. Il faut l'empêcher de faire une fugue et d'aller attaquer les jeunes gens dans la rue.

Ce n'était pas tout à fait un mensonge. La mère de Jess était vraiment à une réunion, et elle avait demandé à Jess de rentrer voir sa grand-mère. Mais Jess espérait quand même avoir le temps de faire un cadeau à la mère de Fred et d'être à la fête à six heures.

Elle n'en dit rien à Flora. De toute façon, elle n'aurait rien dit, même sans la requête de Fred. Car si Flora apprenait qu'elle avait de l'argent pour acheter un cadeau, elle l'accompagnerait et, à tous les coups, réussirait à se faire inviter. Avec comme dessein de séduire la mère de Fred et de remplacer Jess dans le cœur de cette femme volage.

– Moi aussi, je dois rentrer juste après les cours, soupira Flora. Mon père me mène une vie d'enfer à cause de Mackenzie. Pourquoi est-ce que tout le monde croit qu'il est dealer, alors que c'est juste un gentil petit animal en peluche ?

Jess aurait préféré que Flora ne lui livre pas les détails de sa vie affective, même si c'était elle qui avait pour la première fois comparé Mackenzie à un ours en peluche.

La matinée au lycée se déroula sans histoire. Sur

son petit nuage, Jess rêvait au cadeau de la mère de Fred : des articles de bain, un parfum ou une paire de boucles d'oreilles ? Elle disposait de deux heures et demie pour passer chez elle, s'assurer que tout allait bien du côté de sa grand-mère, et sauter dans un bus pour dévaliser les grands magasins et les petites boutiques. Quelle délicieuse soirée en perspective ! Peut-être la plus belle de l'année... Rien ne pouvait la gâcher. Impossible.

Vous allez découvrir que Marilyn Manson squatte votre penderie. 16

Dès que la cloche sonna, Jess se précipita dehors comme un coureur qui espère la médaille d'or aux Jeux olympiques. Elle consacrerait dix secondes à rassurer sa grand-mère et à vérifier qu'elle avait ses lunettes, son appareil auditif, la télécommande, plein de trucs à manger ainsi qu'un roman policier bien meurtrier. Puis elle se changerait en vitesse (dix secondes, allez, vingt...) et filerait en ville pour une heure de shopping frénétique. Et apporterait à la mère de Fred le plus beau cadeau qu'elle avait jamais eu, un chiot mis à part.

Mais en arrivant chez elle, Jess découvrit quelque chose d'étrange. Dans l'entrée, le sol était luisant et mouvant. Au secours, une inondation! Elle retira ses chaussures et ses chaussettes à toute vitesse. Un terrible bruit de cascade provenait de la cuisine.

– Mamy ? appela Jess en pataugeant dans le couloir.

Pas de réponse. Un instant, son cœur s'arrêta de battre.

Elle atteignit la cuisine. Le robinet de l'évier était grand ouvert, et un rideau d'eau s'abattait sur le sol. Heureusement, sa grand-mère n'était pas couchée par terre. Jess avait entendu dire qu'avec un peu de malchance, on pouvait se noyer dans cinq centimètres d'eau. À condition, toutefois, de le vouloir vraiment. Elle ferma le robinet, et la ressemblance avec les chutes du Niagara s'atténua.

– Mamy ? appela-t-elle en avançant jusqu'à sa chambre, tout aussi inondée.

Jess fut prise d'une terrible angoisse. Et si sa grand-mère avait ouvert le robinet, s'était sentie mal, et avait voulu se reposer avant de mourir tout simplement dans son fauteuil ? Jess risquait de la retrouver comme une statue de cire, les yeux grands ouverts. Ça ressemblerait bien à sa grand-mère, ça, de mourir avec panache. Jess jeta un coup d'œil dans la chambre. Déserte, à l'exception de l'eau jusqu'aux chevilles. Le tricot de sa grand-mère flottait près du fauteuil. Mais où était-elle ? Réfugiée à l'étage pour échapper à la montée des eaux ?

– Mamy ! Mamy ! hurla Jess en se précipitant dans l'escalier.

Elle chercha partout à l'étage. Personne. Pas la moindre trace de vieille dame. Il n'y avait que Raspoutine, l'air ébahi et désapprobateur.

– Raspoutine, où est mamy ? Je t'en supplie ! Jure-moi que tu ne l'as pas mangée !

Raspoutine prit un air choqué et innocent. Jess réfléchit. Ses neurones fonctionnaient à toute allure.

C'était une catastrophe. Sa mère lui avait confié la responsabilité de la maison, et Jess avait réussi à perdre sa grand-mère et à inonder le rez-de-chaussée ! Que faire ? Appeler la police ? Mais si sa grand-mère avait juste décidé d'aller faire un tour, la police serait furieuse. Quoique ce serait tout de même étonnant de la part d'une vieille dame avec un genou malade.

Le téléphone sonna. Jess se précipita dans le bureau de sa mère.

– Allô, Jess ? C'est Mrs. Philips, la voisine. Ta grand-mère est chez nous. Elle s'est retrouvée à la porte, alors nous l'avons recueillie jusqu'à ce que tu rentres.

– Elle va bien ?

– Très bien ! Puisque tu es là, nous te la ramenons.

Jess raccrocha, descendit l'escalier et traversa l'entrée inondée. L'eau avait un peu reflué, mais c'était encore la catastrophe.

Jess ouvrit la porte à l'instant où sa grand-mère remontait l'allée avec Mrs. Philips et plusieurs de ses énervants marmots.

– Nous voilà ! sourit Mrs. Philips.

Sa grand-mère annonça d'un air gêné :

– Le vent a fait claquer la porte, ma chérie ! Comment ai-je pu être si bête ? J'étais allée mettre quelque chose à la poubelle. (À ces mots, elle découvrit le désastre dans l'entrée.) Révolution ! (Le cri d'alarme de sa grand-mère.) Mais que s'est-il passé ?

– S'il te plaît, maman, on peut aller barboter ? S'il te plaît, s'il te plaît ! hurlaient les horribles marmots Philips. Maman, est-ce que je peux aller chercher mon bateau ? Et est-ce qu'on peut prendre le canard de Laura, aussi ?

– Tenez-vous tranquilles ! lança Mrs. Philips, qui arborait toujours un sourire niais quand ses enfants se comportaient comme des sauvages.

Le seul jour où Jess les avait gardés, ils lui avaient jeté une girafe à la figure et montré leurs fesses. Plus jamais.

– Oh, Jess, j'aimerais vraiment pouvoir t'aider, mais je dois aller changer Archie, dit Mrs. Philips en brandissant son bébé nauséabond. Et puis, Arabella va se réveiller de sa sieste d'une minute à l'autre.

– Pas de problème, je vais me débrouiller, affirma Jess. Attends ici, mamy, je vais te chercher des bottes.

– Un tuyau a cédé ou quelque chose comme ça ? Il faut peut-être appeler un plombier ? proposa

Mrs. Philips en essayant de contenir son insupportable progéniture.

– Non, un robinet est resté ouvert, c'est tout, expliqua Jess en revenant avec des bottes bienheureusement perchées sur une étagère.

– Je me souviens, maintenant ! s'écria sa grand-mère. Je m'apprêtais à faire la vaisselle ! J'ai ouvert le robinet, et je suis sortie mettre le sac-poubelle dehors. À ce moment-là, il y a eu un coup de vent, et la porte s'est refermée !

– Ce n'est pas grave, mamy, j'en ai pour une minute, insista Jess en aidant sa grand-mère à enfiler les bottes.

– Eh bien, bonne chance..., fit Mrs. Philips.

La grand-mère de Jess la remercia chaleureusement de son accueil, mais eut l'air soulagé de voir le clan Philips se retirer. Les enfants piaillaient de déception. Jess prit sa grand-mère par le bras, car le sol était très glissant, même avec les bottes, et la conduisit dans sa chambre.

– Ces enfants sont de véritables dangers publics, ma chérie, lui confia sa grand-mère. Je dois t'avouer qu'à certains moments, j'ai envisagé de commettre un meurtre. Oh mon Dieu ! Mes tapis ! Mes tapis achetés à la mer Noire en 1973 !

– Eh bien, ils viennent de retrouver leur élément naturel : l'eau, plaisanta Jess.

Mais sa grand-mère ne l'entendait pas de cette oreille. Pour une fois, elle avait l'air pâle et désemparé. Jess décida de lui mettre *Pulp Fiction,* histoire de lui remonter le moral.

Apparemment, l'électricité n'avait pas été touchée. Peut-être les prises étaient-elles trop hautes sur les plinthes, en tout cas, en quelques instants, Jess avait installé sa grand-mère avec une tasse de thé, un sandwich et John Travolta qui brandissait son arme.

Puis elle se lança dans une grande opération de nettoyage : tout d'abord, elle ouvrit la porte du jardin pour évacuer l'eau de la cuisine. Tâche relativement aisée, dans la mesure où il y avait du carrelage au sol. Puis elle ouvrit la porte d'entrée et entreprit de chasser l'eau du couloir avec un balai. Elle s'attaqua ensuite à la chambre de sa grand-mère et alla suspendre les tapis sacrés sur le fil à linge dans le jardin.

La moquette était gorgée d'eau. Jess alla chercher une pile de serviettes à l'étage. Une idée lumineuse : en peu de temps, la moquette passa du stade détrempé au stade humide.

– Tu es adorable, que Dieu te bénisse! s'exclama sa grand-mère en se détournant une seconde de ses délicieux bains de sang.

Jess repartit à la cuisine, où elle passa à nouveau la serpillière avant de revenir dans l'entrée.

Elle en était à la moitié du couloir quand la sonnette

retentit. Qu'est-ce que c'était encore? Si elle découvrait l'un des insupportables gamins de la voisine, Jess risquait de lui hurler dessus. Elle ouvrit la porte d'un geste brusque, les sourcils froncés, juste au cas où, mais au lieu de voir apparaître les enfants Philips, elle découvrit Ben Jones avec un sac de sport et une cassette vidéo à la main. Lequel découvrit une Jess visiblement mécontente, trempée, décoiffée, pied nus et armée d'une serpillière.

– Ça va? demanda-t-il.

– Je viens de subir une inondation, expliqua-t-elle. Mais je vais m'en sortir.

– Je dois aller à l'entraînement de foot, fit Ben d'un air bizarre. Sinon, je t'aurais donné un coup de main.

– Ne t'inquiète pas, j'ai presque fini.

– Je passais te prêter cette cassette, annonça Ben. C'est *Exterminator 3,* je t'en ai parlé. Tu sais, les insectes avec des antennes qui tirent des rayons mortels.

– Ah oui! fit Jess, qui se souvenait vaguement d'un truc comme ça le jour où ils étaient au fast-food. Génial. Merci.

La politesse voulait qu'elle ne dise pas qu'elle détestait les insectes. Ainsi que les rayons mortels.

Le portable de Ben sonna.

– Allô? Oui, j'arrive. Je suis chez Jess Jordan. J'en

ai pour cinq minutes. D'accord, d'accord... T'inquiète... Whizzer s'énerve parce que je suis en retard, fit-il en secouant la tête avec un sourire. Faut que j'y aille. J'espère que tu vas aimer le film. Et... bonne chance avec..., lâcha-t-il en désignant le sol alors qu'il reculait dans l'allée.

Jess lui fit un signe d'adieu et referma la porte. Avait-elle un jour été aussi peu présentable ?

Elle courut jusqu'au miroir sous l'escalier. On aurait dit une loutre qui venait de lutter contre un chasseur de baleines pendant au moins dix rounds. Maintenant, pas de doute, Ben Jones ne risquait pas de flasher sur elle ! Ni aucun garçon, d'ailleurs. À part peut-être un pêcheur fou vivant aux Hébrides. Elle se demanda où se trouvaient les Hébrides : elle avait peut-être intérêt à partir en reconnaissance, dans la mesure où sa vie sur place semblait avoir atteint un point de non-retour.

Elle poussa un grand soupir, alla jusqu'au salon et posa la cassette sur une étagère.

– Qui était-ce, ma chérie ? demanda sa grand-mère.

– Juste un copain, mamy. Il est passé me prêter un film.

– Ce gentil garçon que tu aimes bien qui te prête toujours des cassettes ? Fred, c'est bien ça ?

– Oh non, Fred ! s'écria Jess. J'avais complètement

oubliée ! Je dois aller à la fête d'anniversaire de sa mère ! Quelle heure il est ?

Sa grand-mère plissa les yeux et, avec une insupportable lenteur, consulta sa montre.

– Sept heures moins vingt, ma chérie, annonça-t-elle d'un air indifférent.

Sept heures moins vingt ? Jess avait déjà quarante minutes de retard ! Elle monta l'escalier quatre à quatre, moins pour aller se préparer, c'était de toute façon bien trop tard, que pour éclater tranquillement en sanglots.

Elle se précipita dans le bureau de sa mère et s'immobilisa devant le téléphone. Elle n'avait même pas acheté de cadeau ! Elle n'avait même pas téléphoné pour dire qu'elle serait en retard ! Elle était sale, trempée, et il lui faudrait une demi-heure au moins pour paraître correcte. Elle devait prendre un bain, trouver des vêtements propres, se laver les cheveux, les sécher...

Jess accepta la terrible réalité : impossible d'aller à la fête. Elle avait tout gâché. Il fallait qu'elle appelle Fred pour lui expliquer : « Ma grand-mère avait laissé le robinet ouvert. J'ai dû passer la serpillière partout. » Elle tendit la main vers le téléphone, puis hésita. La vérité lui semblait tellement stupide... Mais réfléchis, Jess ! Trouve au moins une excuse valable ! Elle se sentait mal. Très mal.

Elle n'avait qu'à dire qu'elle était malade ! Elle composa rapidement le numéro de Fred. Son cœur battait si fort qu'elle avait peur qu'il explose.

– Allô ? fit une voix.

Celle de Fred.

– Fred, je suis vraiment désolée ! Je suis malade ! Depuis que je suis rentrée chez moi, je n'ai pas arrêté d'être malade ! Cela fait des heures que je suis couchée par terre dans les toilettes ! Jusqu'à maintenant, je n'avais pas réussi à atteindre le téléphone !

À l'autre bout de la ligne, Fred ne disait pas un mot. Jess grinça des dents. Son histoire ne sonnait pas du tout vrai.

– Bon, fit Fred d'un air glacial. C'est pas grave. On va commencer sans toi.

Parce qu'en plus, ils l'attendaient ! Ils devaient tous être en train de se regarder en chien de faïence, les yeux fixés sur la pendule !

– Fred, je suis vraiment désolée ! fit Jess qui sanglotait presque, maintenant. Du coup, tu n'as même pas de cadeau pour ta mère ! Je t'ai complètement fait faux bond ! Je suis vraiment désolée !

– Pas grave, fit Fred. T'inquiète. Soigne-toi bien.

Mais il avait l'air blessé. En général, Fred ne se contentait pas de deux ou trois mots quand il pouvait en placer une centaine.

– J'espère que votre fête sera quand même réussie, dit Jess d'un air désespéré.

Comme elle aurait aimé être là-bas avec eux !

– Ouais, bon, salut.

Et Fred raccrocha. Un horrible bip retentit aux oreilles de Jess.

Elle courut se jeter sur son lit.

– Raspoutine ! J'ai tout gâché ! se lamenta-t-elle. J'ai laissé tomber Fred de la pire manière qui soit ! J'ai gâché l'anniversaire de sa mère ! Et au téléphone, il était froid et furieux !

Raspoutine eut l'air choqué, mais il lui caressa la joue avec sa patte duveteuse.

« Viens pleurer sur mon épaule, ma petite, semblait-il lui dire. Après tout, c'est à ça que l'on sert, nous autres ours en peluche. »

Jess fondit en larmes, prit Raspoutine dans ses bras et pleura longuement. Et amèrement. Pour finir, Raspoutine partit se sécher sur le radiateur.

Votre ours en peluche va vous annoncer qu'il est enceint et qu'il veut aller au planning familial. 17

Ce soir-là, quand la mère de Jess rentra d'Oxford, sa grand-mère ne tarit pas d'éloges sur l'héroïsme de Jess qui était venue à bout de l'inondation. Sa mère ne manqua pas de dire à Jess combien elle était fière d'elle. Mais elle ne put que constater qu'elle avait pleuré.

– Qu'est-ce qui se passe, mon cœur ? demanda-t-elle tendrement.

Jess haussa les épaules.

– Rien. Je suis un peu énervée, c'est tout.

– Tu as été formidable ! la félicita sa mère en la prenant dans ses bras. Ce week-end, on ira faire les boutiques ensemble.

Jess aurait dû se montrer reconnaissante : elle savait que sa mère détestait presque autant faire les magasins qu'elle détestait la guerre. Mais elle ne pensait qu'à la journée du lendemain. Comment allait-elle amadouer Fred ? Pourquoi lui avait-elle raconté ce stupide mensonge ? Elle aurait aimé se confier à sa mère, mais elle savait que dans ce cas, cette dernière voudrait tout arranger. Elle risquait même de vouloir téléphoner à la mère de Fred. Jess frémit à l'idée que sa génitrice gère sa vie sociale. C'était son problème, et elle le réglerait toute seule. À condition, bien sûr, qu'il soit réglable...

Fred ne l'avait pas engueulée. Il était bien trop en colère pour ça. Après quelques mots glacials, il lui avait quasiment raccroché au nez. Jess avait très envie de le voir. Si elle s'excusait auprès de lui, si elle lui expliquait... En tout cas, jusqu'à ce qu'ils soient réconciliés, elle ne pourrait pas penser à autre chose.

Le matin, elle avait physique et maths, ce qui ajouta à son angoisse : elle n'était pas dans le même groupe que Fred, et elle devrait attendre la pause déjeuner pour le rejoindre à la bibliothèque. D'habitude, c'était un lieu très agréable : chaud en hiver, frais en été, et sombre : du coup, on y voyait moins les points noirs. Il y flottait une curieuse odeur de vieux livres, à l'inverse du gymnase qui sentait la sueur.

Mrs. Forsyth tenait la bibliothèque, et elle était tatillonne. Une seule règle : interdiction de manger, de boire et de parler. Passer une demi-heure dans une atmosphère aussi stricte relevait du défi. Essayer d'avaler quelque chose était une bravade ultime, surtout s'il s'agissait de chips ou de crackers. Il fallait saliver longtemps, puis glisser la nourriture dans sa bouche en faisant mine de se gratter le nez et humidifier la chips ou le gâteau pendant près d'une minute avant de se risquer à mâcher. Ensuite, on ne pouvait avaler que lorsque Mrs. Forsyth regardait ailleurs, or elle avait un regard d'aigle et l'ouïe d'un satellite espion. Elle aurait entendu des gens manger des chips en Chine. Le plus grand succès de Jess était d'avoir ouvert une bouteille de Pepsi sous la table pendant que Fred dissimulait le bruit avec une quinte de toux digne d'un tuberculeux en phase terminale. Fred et Jess y avaient fait de fantastiques repas en toute illégalité. Y en aurait-il d'autres, ou leur amitié était-elle à jamais terminée ?

Quand la cloche sonna pour le déjeuner, Flora apparut.

– J'ai dit à Mackenzie et à BJ qu'on les retrouvait dans la galerie du gymnase. T'en es où avec Ben ? Whizzer raconte qu'il est arrivé en retard à l'entraînement hier soir parce qu'il était chez toi.

Flora souriait comme une idiote. Mais Jess n'avait surtout pas envie de revivre la terrible soirée en lui parlant de ça. Elle préférait de loin exciter la curiosité de Flora.

– Il est juste passé me prêter une cassette. À classer dans la catégorie « Événements sans importance ».

Flora changea d'expression, et Jess put lire sa déception.

– Allez, viens, la pressa Flora. Ils vont nous attendre.

La galerie du gymnase n'avait aucun intérêt. Quelques types vaniteux travaillaient leurs tablettes de chocolat et leurs pectoraux dans le gymnase tandis que sur la galerie, bavaient des hordes de fans – des filles avec de la guimauve à la place du cerveau. Jess annonça à Flora qu'elle préférerait être transformée en biscuit pour chien et offerte en pâture à un vieux berger allemand puant que de passer cinq minutes dans un pareil endroit.

En revanche, Jess était ravie que Flora aille là-bas : elle préférait être seule pour rejoindre Fred à la bibliothèque. Et s'il n'y était pas, au moins elle y trouverait refuge. Elle y choisirait un livre avec des hommes nus et dessinerait des choses affreuses sur leurs organes sexuels. Son préféré, c'était un livre de biologie dont un chapitre s'intitulait : « Modifications physiques à la puberté ».

On y voyait une sorte de famille : une fille d'une dizaine d'années, une autre de quinze ans, une de trente et des hommes d'âge similaire. Tous nus. Il y avait quelque chose de gênant dans la façon dont ils étaient alignés avec leurs parties intimes à découvert. Comme s'ils faisaient la queue dans un supermarché naturiste… Jess était venue au secours des filles en leur dessinant de jolis bikinis noirs, mais elle avait rendu les garçons encore plus ridicules en coloriant leurs organes en rouge et en leur attribuant d'étranges poils, verrues et autres vacheries.

Quand elle entra dans la bibliothèque, son cœur bondit en découvrant Fred à sa place habituelle. Elle se dirigea droit vers lui. Elle allait s'asseoir et écrire aussitôt : « Je t'en supplie, sors une minute pour que je puisse t'exprimer les plus immenses regrets sur terre », mais il se passa quelque chose d'affreux. Fred, qui avait levé les yeux au moment où elle franchissait les portes de la bibliothèque, se dressa, rangea rapidement le livre qu'il était en train de lire, et passa près d'elle sans un regard. Il l'avait complètement zappée.

Jess se rendit compte que tout le monde la regardait, et s'efforça de cacher son désespoir. Elle choisit une place près de l'endroit où Fred s'était assis, fit mine d'examiner les rayons, et prit un livre au hasard. Elle l'ouvrit machinalement et le regarda en débouchant son stylo, comme si elle s'apprêtait à prendre des notes. Mais pendant ce temps, elle priait : « Oh mon Dieu, je vous en supplie, faites qu'il ne soit plus en colère contre moi. » À tous les coups, cependant, Dieu était sur son canapé devant la télé avec une bière, répondeur branché et sonnerie du téléphone éteinte…

Et si elle rédigeait une lettre pour Fred en lui présentant ses excuses les plus plates et en lui proposant d'être son esclave pour le reste de ses jours ? Peut-être qu'il lui pardonnerait. Elle trouva un bout de papier, mais elle n'y écrivit pas le nom de Fred, au cas où quelqu'un le voie. Tout à coup, les portes de la bibliothèque s'ouvrirent. Elle espéra que Fred revienne, mais Jodie Gordon fit son apparition. Cette dernière s'installa près de Jess et attrapa un livre d'histoire, puis sortit son cahier de brouillon, où elle nota : « Alors, qui est-ce qui batifolait hier soir après les cours avec le divin Ben Jones ? »

« En ce qui me concerne, je m'occupais de ma grand-mère », écrivit Jess, furieuse.

« Whizzer dit que Ben Jones est arrivé en retard au foot parce qu'il était chez toi », écrivit Jodie avec un regard concupiscent particulièrement crétin.

Oh non ! Apparemment, la rumeur de la visite de Ben avait déjà fait le tour du lycée. Il fallait que Jess voie Fred au plus vite pour rétablir la vérité. Il avait laissé son sac près de sa chaise, donc il allait revenir. Les portes s'ouvrirent à nouveau. Le cœur de Jess battait la chamade. Fred ? Non ! Ben Jones ! Qui se dirigeait droit sur elle ! Jodie lui fit un clin d'œil entendu. Jess se figea sur place.

Elle était tellement préoccupée par Fred qu'elle avait à peine pensé à Ben Jones depuis qu'ils s'étaient quittés la veille au soir. Ce jour-là, il était particulièrement beau. Il avait les cheveux décoiffés juste comme il fallait, et ses baskets crissaient en fredonnant un petit air magique. Il s'assit face à Jess, la regarda droit dans les yeux, et sourit.

Jess était terrifiée. En temps normal, elle aurait été aux anges, mais là, si Fred revenait ? S'il était déjà au courant de la visite de Ben, la scène ne ferait que confirmer ce qu'il pensait. Jess savait que Fred n'avait pas cru à son mensonge de la veille. Il faut dire qu'elle n'avait pas du tout été convaincante. Jodie fit un sourire ironique. Jess avait envie d'attraper un dictionnaire pour la frapper.

Elle haussa ce qu'elle espéra être un sourcil poli en guise de salut à Ben Jones et reprit sa lecture. Elle n'avait aucune idée de ce qu'elle lisait et, depuis l'arrivée de Ben Jones, elle avait même oublié ce qu'était un livre. Il fallait qu'elle s'enfuie, qu'elle échappe à Ben, sinon quand Fred reviendrait, il imaginerait le pire.

Ben Jones attrapa un calepin et un stylo.

« Sait donc la que tu te cache », écrivit-il, fautes d'orthographe comprises.

Il avait une écriture bizarre : petite et penchée sur le côté, comme couchée par une bourrasque. Jess répondit par un sourire énigmatique.

« Pourquoi récifs et îles coralliens ? » écrivit-il mystérieusement.

Jess fronça les sourcils.

« Hein?! » écrivit-elle.

« Ton livre. »

Jess regarda son livre. Qui traitait en effet des récifs et îles coralliens.

« Espèce de gros malin, ici on ne lit pas. J'ai pris ce livre comme j'aurais mis un pull. »

« Je sui pas un gros malin, écrivit Ben Jones. Aparament, je sui pluto un chamo. »

Jess se rappela vaguement avoir comparé certains garçons à des animaux. Mais quelle importance? Elle avait des problèmes bien plus graves. Et puis, elle était un peu gênée par toutes les fautes d'orthographe de Ben.

« Ta eu le tan de regarder Exterminator 3? » poursuivit-il.

Jess prit alors une décision. Elle allait tout avouer à Ben Jones sur la soirée de la veille. Elle allait lui raconter qu'elle avait raté la fête d'anniversaire de la mère de Fred. Puis elle lui demanderait de s'en aller pour qu'elle puisse arranger les choses avec Fred.

« Viens dehors une minute, il faut que je te parle », écrivit-elle.

Elle se leva, et Ben lui emboîta le pas. Au moment où ils atteignaient les portes, celles-ci s'ouvrirent, et Fred réapparut. En les apercevant, il eut un affreux sursaut et haussa les sourcils d'un air faussement satisfait.

Jess le regarda droit dans les yeux, qui luisaient comme des tessons de bouteille. Il se dirigea vers la table où Jess était assise un instant plus tôt. Elle aurait juré qu'il était venu lui parler, mais qu'il s'était ravisé en la voyant avec Ben Jones. Elle avait l'horrible sentiment que le pétrin où elle s'était fourrée ne faisait qu'empirer.

Vous allez dormir chez une amie et à votre réveil, vous n'aurez pas le temps d'atteindre les toilettes. 18

Avant que Jess puisse dire un mot à Ben, Flora et Mackenzie apparurent.

– Serena Jacobs dit que son oncle a un garage où on pourrait répéter! annonça Flora d'un ton triomphant. On va en repérage après les cours. Vous voulez venir?

« Repérage » faisait désormais partie du vocabulaire de Flora. C'était du jargon de cinéma, car Mackenzie voulait devenir réalisateur. Il n'allait pas à la cantine, il allait d'abord en repérage (en d'autres termes, jeter un coup d'œil au menu).

– Un garage? Cool! fit Ben en se tournant vers Jess. Tu nous accompagnes?

– Non merci, j'ai complètement arrêté les garages, et depuis je me tiens soigneusement à l'écart... De toute façon, j'ai plein de trucs à faire.

Jess était ravie que Flora, Ben et Mackenzie débarrassent le plancher. Elle avait un plan. Elle sortirait très vite après les cours et irait attendre Fred sur le muret où il l'avait si souvent attendue. Quand il apparaîtrait, elle se jetterait sur lui pour présenter des excuses du genre : « Je ne pourrai jamais me pardonner pour hier, mais je t'en supplie, dis-moi que tu me pardonnes, sinon je risque de devoir partir vivre en Inde et de passer le reste de ma vie à nettoyer les rues de Calcutta à coups de langue. »

Ou alors, elle tomberait à genoux et s'écrierait : « Donne-moi le nom d'un animal, n'importe lequel, et je l'imiterai devant tout le lycée ! » Et si jamais il marmonnait quelque chose du genre vache folle, elle n'aurait pas grand-chose à changer dans son comportement...

Elle attendit en vain. Elle attendit jusqu'à ce que les cars scolaires soient tous partis avec leurs élèves hurlants et chamailleurs. Elle avait vraiment de la chance d'habiter près du lycée. Elle compatissait au sort des chauffeurs, même si elle en soupçonnait certains d'être des suppôts de Satan. Et elle était ravie que son père ne soit pas chauffeur, mais artiste en vogue dans la lointaine Saint-Ives. Au bord de la mer...

Elle attendit que les derniers traînards s'en aillent, mais elle commençait à se sentir mal à l'aise. Elle attrapa son portable et envoya un sms à Flora.

COMMENT EST LE GARAGE? demanda-t-elle, alors qu'elle s'en moquait éperdument. Mais ça faisait une occupation.

Puis elle envoya un sms à son père : TU ES AU BORD DE LA MER?

La réponse arriva aussitôt.

NON DANS LA SALLE D'ATTENTE DU MÉDECIN.

Évidemment! Il aurait pu être à la plage, et il passait l'après-midi chez le médecin...

RIEN DE GRAVE J'ESPÈRE.

J'AI UN BOUTON SUR LE VISAGE JE VÉRIFIE JUSTE QUE CE N'EST PAS UNE TUMEUR MALIGNE.

ET TU TROUVES QUE C'EST UN PROBLÈME! J'AI 70 BOUTONS SUR LE VISAGE ET ILS SONT TOUS TRÈS MALINS!

Pause. Puis vint une réponse : SI JE MEURS D'UN CANCER DU POINT NOIR JE TE LÈGUE TOUS MES TABLEAUX. ALORS NE SOIS PAS INGRATE. JE T'AIME PLUS QUE TOUT AU MONDE.

C'était le meilleur moment de la journée jusqu'à présent. À croire que les sms avaient été inventés pour les pères timides qui ne pouvaient jamais dire « je t'aime » à haute voix.

Toujours pas de Fred. Mais où était-il? Cela faisait presque une heure que Jess attendait. Le problème maintenant, c'était de rentrer chez elle sans donner l'impression qu'elle avait attendu en vain. Non qu'on l'observait spécialement. Mais Jess, elle, se voyait. Tout à coup, elle fixa son portable avec de grands yeux, comme si elle venait de recevoir un message du genre : « DÉSOLÉ DE NE PAS AVOIR PU VENIR TE CHERCHER AU LYCÉE, MA CHÉRIE. JE TE RETROUVE AU RITZ. TON AMOUR. BRAD. »

Elle s'apprêtait à se lever avec l'air de quelqu'un qui vient juste de recevoir une invitation au Ritz quand une voiture sortit du lycée, tourna à gauche et passa devant elle. C'était celle de Mr. Fothergill. Jess reconnut sa voiture de sport jaune. Le gros et suant Mr. Fothergill essayait de se rendre un peu glamour grâce à sa voiture, que Jess et Flora avaient surnommée la « banane du flambeur ».

Et quand la banane du flambeur passa devant elle, Jess aperçut Fred sur le siège du passager. Il ne tourna pas la tête vers elle. L'ignorait-il volontairement ou pensait-il à autre chose ? Elle vit son profil comme le côté face d'une pièce de monnaie. Mais que faisait-il dans la voiture de Mr. Fothergill ? Ils sortaient ensemble ou quoi ? Peut-être qu'en fait, Fred était gay ! Jess espéra presque que ce soit le cas. Comme ça, si jamais Fred lui pardonnait, ils pourraient devenir colocataires, comme dans les feuilletons télé…

Cela dit, partir avec un élève ruinerait la carrière de Mr. Fothergill. Et Fred n'en sortirait sans doute pas indemne non plus. Mais c'était un faible prix à payer pour les cinq jours de couverture médiatique quand l'affaire serait révélée au grand jour :

UN PROFESSEUR OBÈSE PREND LA FUITE AVEC UN ÉLÈVE. ON LES AURAIT VUS ENSEMBLE À PARIS

Car c'était sans doute là qu'ils se précipiteraient. Après tout, c'est là qu'Oscar Wilde était mort. Ainsi que la princesse Diana. Tous les gens célèbres allaient là-bas.

Mais Jess se souvint que Mr. Fothergill avait une charmante et jeune épouse. Cela dit, être marié ne prouvait rien. Et les charmantes et jeunes épouses pouvaient se révéler de la pire espèce.

En tout cas, si Jess était la charmante et jeune épouse d'un gros prof d'anglais, elle ne sortirait pas seulement avec l'un de ses élèves, mais aussi avec son père !

« Fred et Mr. Parsons, je vous aime ! Je vous ai réservé une suite à l'Holiday Inn d'Acapulco. Et toi, Fothergill, dégage, je te déteste ! Va faire étudier Cupidon à tes élèves, c'est la seule chose que tu sais faire ! »

L'imagination de Jess s'emballait. Sitôt arrivée à la maison, elle appellerait Fred, lui promettrait n'importe quoi pour obtenir son pardon, et lui ferait avouer pour quelle sordide raison il se trouvait aux côtés de Fothergill dans la banane du flambeur.

Vous allez tout à coup constater la disparition de votre nombril. 19

À la maison, Jess trouva sa grand-mère assise à la table de la cuisine. Sa mère n'était pas encore rentrée. À moins qu'elle ne se soit elle aussi enfuie en compagnie de Mr. Fothergill. Sex Symbol et Shakespeare Expert... Après ça, pas la peine de s'étonner qu'il soit obsédé par Cupidon!

– Comment ça va, mamy? Pas de meurtre en série aux nouvelles aujourd'hui? demanda Jess en lui baisant le haut du crâne.

Sa grand-mère sentait la lavande et le talc. Ce qui n'était pas donné à toutes les grands-mères. Avec les personnes âgées, on ne savait jamais. Elles pouvaient tout à coup se mettre à sentir la vase en décomposition sans qu'on comprenne pourquoi.

– Un mystérieux virus traîne dans les hôpitaux en France, annonça sa grand-mère. Ils n'arrivent pas à en venir à bout. C'est à cause d'un excès d'Henry Biotique. Notre système immunitaire y devient résistant.

Apparemment, sa grand-mère faisait partie de la branche de la famille hermétique aux sciences. Peut-être même que c'était à cause d'elle que sa fille et sa petite-fille étaient nulles dans ces matières...

– Ça commence par des vomissements, reprit-elle l'air inquiet. Et puis on tombe dans le coma, et on peut mourir en 24 heures !

– Estimons-nous heureuses de ne pas être hospitalisées en France... Je te fais une tartine, mamy ? Même si ces histoires de vomi me couperaient presque l'appétit !

Sa grand-mère accepta la proposition, et elles allumèrent la bouilloire. Jess avait très envie d'appeler Fred, mais il fallait qu'elle mange d'abord, sinon son ventre allait se mettre à produire des grondements dignes d'un violent orage en haute montagne.

Elle oublia ses nausées en imaginant une virée dans les boutiques de New York. Elle engloutit sa tartine à la confiture, puis, le cœur battant, composa le numéro de Fred. Occupé. Elle alla retrouver sa grand-mère.

– Jess, je voudrais te demander quelque chose, avança cette dernière. C'est assez dégoûtant, mais je te paierai bien.

– Je ferais n'importe quoi pour toi, mamy, mentit affectueusement Jess.

– Il faudrait que tu me mettes des gouttes dans les oreilles. Le problème, c'est que je ne vais me les faire nettoyer qu'après-demain.

Jess repartit aussitôt en shopping à New York. En quelques instants, elle avait les bras remplis de sacs de Bloomingdale's et Macy's. Elle voulait bien mettre des gouttes dans les oreilles de sa grand-mère, mais seulement après avoir passé son coup de fil : d'ici à ce qu'elle joigne Fred, elle ne pourrait empêcher ses mains de trembler. Et cela pourrait avoir des conséquences tragiques – voire fatales – si, au lieu de mettre des gouttes dans les oreilles, le liquide partait dans les yeux, la bouche ou le nez de sa grand-mère. Jess se promit de ne jamais devenir dentiste ou otorhino : elle n'avait aucun goût pour les orifices.

Elle appela à nouveau Fred. Encore occupé. Mrs. Parsons serait-elle en pleine conversation avec la police ?

« La description de mon fils ? Il mesure un mètre quatre-vingts, il est blond, mince et il a de beaux yeux gris. Ses vêtements ? Mon Dieu, je n'ai aucune idée de ce qu'il portait aujourd'hui. Ah si ! Il avait très certainement son sweat gris à capuche et son jean. Et, je sais, c'est une parole de mère, mais je trouve que le bleu de son jean va très bien avec ses yeux. Je vous en supplie, monsieur le policier, ramenez-moi mon enfant ! »

Au bout de cinq tentatives téléphoniques avortées, la grand-mère de Jess se fit curieuse.

– Flora est toujours au téléphone, ma chérie?

– Ce n'est pas Flora que j'appelle, mamy, c'est Fred.

Les yeux de sa grand-mère se mirent à pétiller.

– Ah ah! Un garçon! Celui qui a téléphoné hier soir? Je me disais bien que tu étais fébrile, ma chérie. Fred est ton petit ami, c'est bien ça?

Sa grand-mère sourit et fit un gentil clin d'œil, quoiqu'un peu égrillard.

– Mais non, mamy! protesta Jess. C'est juste un ami! Je ne m'intéresse absolument pas aux garçons, comme tu le sais. Je trouve même qu'on devrait les parquer dans des réserves. Fred est mon meilleur ami après Flora, c'est tout. Et il faut que je le joigne pour lui demander un truc au sujet des devoirs.

– Des devoirs? fit sa grand-mère d'un air sceptique. Tu me sembles bien nerveuse pour une simple question de devoirs.

Jess regrettait de mentir à sa grand-mère qui n'avait rien à voir avec sa soupçonneuse de mère. Surtout à propos de ses petits copains. Jess redoutait tout simplement d'en avoir un, de crainte de devoir l'avouer à sa mère.

Peut-être devrait-elle éviter le sujet jusqu'à ce que sa mère ait quatre-vingts ans, qu'elle vive en maison de retraite, et que Jess, qui en aurait alors près de cinquante, lâche, mine de rien : « Au fait, j'ai un petit ami. » Sa mère quitterait alors son fauteuil roulant pour la gifler et la traiter de salope en lui intimant de sortir de sa maison, ou plus exactement de sa chambre, car c'était tout ce qui lui restait. Parfois, c'était dur d'être la fille d'une féministe avec une sainte haine des hommes.

– Bon, d'accord, mamy, je l'admets, j'ai menti pour mes devoirs. Ce n'est pas la vraie raison. Il y a eu un malentendu entre Fred et moi hier. Je l'ai laissé tomber, et il est furieux. Alors je veux m'excuser, c'est tout.

Sa grand-mère acquiesça, fit un nouveau clin d'œil et se tapota le bout du nez.

– Pourquoi tu fais un clin d'œil comme ça ? demanda Jess. Il y a quelque chose que je ne sais pas ?

Peut-être que sa grand-mère perdait tout simplement la boule, qu'elle était atteinte de la maladie d'Alzheimer ou, comme Jess le croyait quand elle était petite, du mal a dit d'Al Zeimer...

– Un copain, c'est tout ? insista sa grand-mère. Enfin, si tu le dis...

Puis elle partit à pas lents vers le salon. Jess entendit le bruit de la télévision. Sa grand-mère ne ratait jamais le journal télévisé, assurée qu'elle était de toujours y apprendre des nouvelles affreuses.

Jess prit la décision d'aller frapper à la porte de chez Fred pour s'excuser platement. Pour une fille qui n'avait pas de seins, c'était parfait ! Et si Fred lui pardonnait, elle le questionnerait sur sa relation avec Mr. Fothergill. Elle attrapa sa veste, lança à sa grand-mère : « Je sors une demi-heure, mamy ! » et s'en alla en courant.

Par malchance, elle croisa sa mère à la barrière du jardin. Et vit aussitôt que celle-ci était dans un mauvais jour. Parfois, des gens faisaient pipi dans la bibliothèque, se saoulaient ou hurlaient des insultes. Ou bien des clochards s'endormaient dans la salle des usuels... Un jour, un très vieil homme qui vivait dans la rue était mort la tête sur un dictionnaire. À priori, bibliothécaire, c'était un boulot tranquille, mais parfois, la bibliothèque se transformait en version cauchemardesque d'*Urgences*, et les bibliothécaires en flics ou travailleurs sociaux en gilets de laine avec de grandes boucles d'oreilles en perroquets achetées dans une vente de charité.

– Où vas-tu comme ça ? demanda sa mère d'un ton autoritaire.

– Chez Fred. Je n'en ai pas pour longtemps.

Jess essaya de franchir la barrière, mais sa mère la rattrapa avec une force étonnante. Jess n'aurait jamais dû lui suggérer de faire de la musculation ! Une petite lutte eut lieu entre elles.

– Tu as fait tes devoirs, au moins ? Rentre tout de suite ! cria sa mère, de très mauvaise humeur, même selon ses critères.

– J'en ai pour une demi-heure, et je ne peux pas faire mes devoirs si je n'ai pas le cours de Fred ! protesta Jess, désespérée.

Rassemblant toutes ses forces, elle se dégagea de l'emprise de sa mère. Quand elle jeta un coup d'œil par-dessus l'épaule, elle comprit qu'elle allait avoir de gros ennuis, mais elle n'avait pas le choix. Elle courut sur tout le chemin et sonna sans reprendre son souffle. Le père de Fred vint ouvrir. Jess entendit un bruit de match de foot dans le salon, et même s'il n'avait pas l'air totalement furieux, il se préparait visiblement à répondre de façon à regagner son écran au plus vite.

– Est-ce que Fred est là ? souffla Jess hors d'haleine.

Il fallait vraiment qu'elle se mette à faire du sport.

– Non, il est sorti.

– Est-ce que... vous pourriez... lui demander de me rappeler ?

– D'accord, dit-il en espérant de toute évidence que leur conversation en reste là.

– Merci ! lâcha Jess en tournant les talons.

Au retour, elle se dit que le père de Fred avait peut-être menti. Que Fred n'était pas *dehors*, mais *hors de lui*. Qu'il refusait de la voir. Mais il pouvait très bien aussi être presque arrivé à Paris avec Mr. Fothergill. En rentrant chez elle, Jess pensa qu'elle aurait dû s'excuser auprès du père de Fred au sujet de l'anniversaire de sa femme. Mais elle était presque sûre que si on lui avait donné le choix, il aurait préféré retourner sur-le-champ à son match de foot plutôt que de subir d'interminables excuses.

Au coin de la rue, le portable de Jess bipa. Elle l'attrapa en espérant que ce soit Fred. Ce n'était qu'un sms de Flora : GARAGE GÉNIAL. APPELLE POUR AVOIR DES DÉTAILS ! Jess effaça le message en secouant la tête. Comme si un garage pouvait avoir un quelconque intérêt. Il fallait vraiment que Flora se trouve un but dans la vie.

Le garçon de vos rêves va être métamorphosé en babouin. 20

La mère de Jess l'attendait avec des lance-flammes à la place des yeux.

– Désolée! fit Jess. Mais tu vois, je ne suis partie que vingt minutes. Dix-huit, même. À l'échelle de l'humanité, ce n'est rien du tout. À peine un clignement de paupière...

– Je suis ici dans ma maison! Et je l'aime beaucoup! hurla sa mère.

– Moi aussi je l'aime beaucoup, renchérit Jess. Elle est formidable.

Elle refusait de raconter à sa mère comment elle avait gâché la fête d'anniversaire chez Fred et à quel point elle avait envie de s'excuser auprès des Parsons. C'était jusqu'à présent le plus grand crime de sa vie, et elle savait que sa mère serait furieuse si jamais elle l'apprenait.

– Ne fais pas l'insolente ! siffla sa mère. Je suis ici dans ma maison, et j'attends des personnes qui y vivent qu'elles se montrent respectueuses envers moi ! Après la journée que je viens de vivre, j'ai envie qu'on me prépare une tasse de thé et qu'on me dise qu'on a eu À en anglais ! Pas de me battre avec ma fille !

Jess courut à la bouilloire. Qui était déjà chaude.

– Trop tard ! cracha sa mère d'un air furieux. Je me suis fait un thé toute seule. Alors, où est-il, ce cours si important ?

– Quel cours ? répéta Jess. C'était ça le problème, avec les mensonges. Quand on en faisait trop souvent, comme Jess, en dépit de vœux renouvelés chaque année, on ne pouvait se souvenir de tous.

– Le cours que tu es allée emprunter à Fred.

– Je ne l'ai pas. Fred était sorti. C'est son père qui m'a ouvert.

– Tu aurais économisé beaucoup de temps et d'énergie en téléphonant.

– Mais elle a téléphoné, ma chérie, lança sa grand-mère depuis le salon, qui espérait pourtant que cette dispute se termine par un meurtre. Elle a essayé à plusieurs reprises. Elle m'a aussi préparé du thé et fait des tartines, et nous avons eu une très intéressante conversation sur son ami Frank.

– Fred, mamy, la corrigea Jess.

Elle avait beau adorer sa grand-mère et lui être reconnaissante de son soutien, si celle-ci appelait une fois de plus Fred « Frank », Jess risquait de lui balancer un bol de crème anglaise à la figure.

– Fred, Fred, Fred, je n'entends parler que de lui! s'époumona la mère de Jess. Déjà l'autre jour, il téléphone, et tu pars le rejoindre en courant. N'as-tu donc aucune dignité? Aucune fierté? Tu vas désormais te jeter dans les bras de tous les Tom, Dick ou Harry venus!

– Si tu veux tout savoir, je ne traverserais même pas la rue pour un Tom ou un Dick, mais pour le Prince Harry, il faut voir..., ironisa Jess.

Sa grand-mère éclata de rire. Sa mère se passa les doigts dans les cheveux d'un geste las.

– Qu'est-ce qu'il y a, maman? Laisse-moi te préparer une soupe, dit Jess en accompagnant sa mère jusqu'à un fauteuil.

– Je vais ouvrir une boîte de cette délicieuse soupe à la tomate, ma chérie, annonça sa grand-mère. Cela me fera du bien de me remuer un peu.

– Qu'est-ce qui s'est passé à la bibliothèque? demanda Jess.

– Quelqu'un est tombé malade? demanda aussitôt sa grand-mère. Un jour, j'étais à la poste, et un homme s'est évanoui. Avec un bruit de gargouillis terrible. Il a fallu appeler une ambulance. Je n'ai jamais su ce qui lui était arrivé. Depuis, ça me taraude, même si je crois que je ne saurai jamais : c'était en 1974.

– Oh, il n'y a rien eu de spécial à la bibliothèque, répondit la mère de Jess. Des ados ont planté l'ordinateur, Alison n'est pas venue parce qu'elle avait la grippe, on était donc à court de personnel, et je n'ai pas eu de pause déjeuner. Et un homme qui sentait mauvais est venu me demander de lui expliquer le fonctionnement de la bibliothèque. J'ai recommencé trois fois avant de comprendre qu'il était fou.

– Calme-toi, fit Jess en caressant la main de sa mère. Après le dîner, tu prendras un bon bain aux huiles essentielles de lavande. Ou de géranium.

– Ne crois pas que c'est comme ça que tu vas me faire avaler la pilule !

– Je ne veux pas te faire avaler la pilule, juste un bain, maman ! sourit Jess.

Sa grand-mère attrapa une casserole.

– J'ai réussi à ouvrir cette satanée boîte, annonça-t-elle d'un ton triomphant. Finalement, je suis encore bonne à quelque chose !

La mère de Jess croisa les bras sur la table et posa la tête dessus.

– Je suis en loques, déclara-t-elle.

La grand-mère de Jess prit un air coupable.

– C'est à cause de moi, dit-elle en secouant la tête.

Je ne suis qu'une source d'ennuis. Te rends-tu compte, tu as été obligée de venir me chercher, de me ramener, et puis la voiture qui tombe en panne, devoir dormir en chemin, m'installer, ranger toutes mes affaires... Pas étonnant que tu sois en loques, ma chérie. Détends-toi. Jess et moi allons préparer le dîner, d'accord ?

Mamy caressa la tête de Jess d'un geste tendre. C'était vraiment bizarre d'imaginer que c'était la mère de sa propre mère. Il y avait bien longtemps, la mère de Jess avait été un bébé chauve sur les genoux de mamy. La preuve photographique trônait sur le buffet. À l'époque, mamy était jeune et jolie. C'était étrange, la famille. Jess avait une photo de son arrière-grand-père qui ressemblait à Freddy Mercury, même s'il y avait peu de chance qu'il ait mené une vie aussi délirante. En 1920, dans le nord de l'Angleterre, les hommes se promenaient rarement avec des boas en plume et des combinaisons en strass.

Et Fred. Oh non ! Tout ramenait Jess à lui. Elle accepta de préparer le repas avec sa grand-mère, même si elle détestait cuisiner plus que tout au monde. Peut-être que les corvées ménagères lui changeraient les idées... Et puis elle se sentait coupable, non seulement envers Fred, mais aussi envers sa mère, qui avait pourtant été très gentille de lui céder sa chambre et de transporter toutes les affaires seule.

Son placard à balais était toujours encombré par d'immenses piles de sacs en plastique noir. On aurait dit la chambre d'un clochard dans un asile de nuit, non celle d'une bibliothécaire cultivée.

Le repas fut excellent – grâce à sa grand-mère surtout. Ensuite Jess regarda le journal télévisé sans protester. Sa mère avait encore l'air fatigué et grincheux. Sa grand-mère était ravie, car il y avait eu un massacre en Bosnie. Mais la mère de Jess plongea à nouveau dans le désespoir en apprenant qu'une guerre venait d'éclater en Afrique.

– Je me demande bien pourquoi je regarde les informations, soupira-t-elle en éteignant le poste avec une inutile brusquerie.

Jess eut envie de dire :

« On aurait mieux fait de mettre MTV, comme je te l'avais proposé », mais garda un silence héroïque.

– Je suis désolée de la scène de tout à l'heure, dit-elle, sa mère semblant à peu près calmée.

Celle-ci se contenta de secouer la tête d'un air désabusé et impuissant, comme si leur petite bagarre n'était que le reflet de la terrible tragédie que constituait la vie humaine sur la planète.

– Je ne supporte pas l'idée que tu deviennes une petite garce qui passe son temps à courir après les garçons, soupira-t-elle. Enfant, tu étais si originale et indépendante.

Jess ressentit l'envie de frapper sa mère avec le premier objet dur à portée de main, à savoir l'urne contenant les cendres de son grand-père. Sa grand-mère l'avait posée sur la table du salon pour qu'il voie le foot. Jess se retint. Peut-être son grand-père n'avait-il pas assez puni sa fille quand elle était petite, mais recevoir un coup de son père après sa mort, c'était vraiment vache.

– Je suis toujours indépendante, dit Jess entre ses mâchoires serrées. Et je ne cours pas après les garçons. Fred n'est pas mon petit copain, il ne l'a jamais été, c'est juste un ami.

Ou ça l'était...

– Je n'ai pas envie de te voir le cœur brisé à cause d'un garçon. Les hommes sont des monstres.

– Ça suffit, Madeleine ! s'exclama sa grand-mère. Ton père n'avait rien d'un monstre ! Tu as donc oublié le chocolat qu'il te rapportait tous les vendredis ?

– Non, je n'ai pas oublié le chocolat, soupira la mère de Jess.

– J'imagine que tu ne fais pas non plus référence à ton ex-mari ! C'est un père adorable pour Jess, n'est-ce pas, ma chérie ? Et un garçon tellement poli... Il n'oublie jamais mon anniversaire. L'an dernier, il m'a envoyé un bouquet de fleurs en nature morte.

– Oui, c'est vrai que papa est génial, renchérit Jess tout en se disant qu'elle aimerait bien le voir plus souvent. Il m'envoie tout le temps des sms. Chaque jour, j'ai droit à mon horreurscope. C'est cool d'avoir un père artiste ! Dis, maman, je pourrai aller le voir cet été ?

Sa mère eut l'air ahuri, comme si Jess avait suggéré d'aller passer quelques jours chez Monsieur l'Ogre du château de l'Ogre dans la ville de l'Ogre.

– Oh, ça je ne sais pas. Il ne faut pas le déranger.

– Mais maman, je suis sa fille, quand même !

– Je suis sûre que son père adorerait la voir, l'appuya mamy.

La mère de Jess lança un drôle de regard à sa propre mère. Mamy haussa les épaules.

– D'ailleurs, j'en ai déjà parlé à papa la dernière fois qu'il a téléphoné.

– Et qu'est-ce qu'il a dit ?

– Qu'il allait voir. Il n'a pas refusé. Il avait l'air plutôt content, même, fit Jess, s'enfonçant une fois de plus dans le mensonge.

– Dans ce cas, je vais lui envoyer un e-mail, dit sa mère.

Mamy sourit aux anges.

– Je suis sûre qu'il adorerait voir Jess cet été, ma chérie. C'est une bonne chose que vous soyez restés en excellents termes, n'est-ce pas ?

La mère de Jess acquiesça en faisant une drôle de tête. Un instant, Jess se demanda si elle était toujours amoureuse de son père. Elle imagina même un scénario où elle attirait sa mère en Cornouailles et provoquait une rencontre entre ses deux parents dans un jardin magique. Ils en revenaient dix minutes plus tard décidés à se remarier. C'était un scénario plaisant, quoiqu'un peu plat...

Une fois au lit, Jess essaya de lire l'acte V de *La Nuit des rois*. Ce qu'elle aurait dû faire depuis deux semaines déjà. Mais elle était fatiguée, et elle avait l'impression que les lignes se couchaient, un peu comme l'écriture de Ben Jones. Elle referma son livre et se mit à penser à lui. Elle se rejoua le scénario de la Cornouailles, puis enfila une combinaison de plongée à Ben et s'arrangea pour qu'il remporte une compétition de surf à Saint-Ives. Juste après avoir regagné la plage, il tombait à ses genoux et lui demandait de l'épouser. Ils se mariaient à Tobago et passaient leur lune de miel à observer les poissons ou à bronzer au pied des cocotiers.

Ils venaient de retirer leurs combinaisons de plongée pour un langoureux baiser quand la mère de Jess apparut sur la plage. Mais aussitôt, la plage fut remplacée par sa chambre. En revanche, sa mère était toujours là, au bout du lit. Elle vint embrasser Jess sur le front.

– Désolée pour ce soir, déclara-t-elle. Essayons de comprendre ce que veut dire ton père quand il prétend que tu peux lui rendre visite. Même si je ne suis pas sûre que ce soit une bonne idée.

– Pourquoi ? demanda Jess. Où est le problème ? Et d'abord, pourquoi papa et toi vous avez divorcé ? Tu l'aimes encore ?

– Qu'est-ce qui t'a mis cette idée en tête ? s'exclama sa mère d'un air horrifié.

– Je me disais juste que ça serait cool si vous pouviez vous remettre ensemble. Vous vous remarieriez sur une plage, à Tobago, par exemple.

– Quelle drôle d'idée ! dit sa mère en reculant sans laisser à Jess le loisir d'imaginer d'autres scénarios tout aussi abominables. Jamais ! Tu sais, Jess, j'ai peut-être des idées un peu arrêtées sur les hommes, et ça ne doit pas toujours être facile pour toi, mais je peux t'assurer que j'ai mes raisons.

– Papa a été méchant avec toi ? lança Jess au moment où sa mère ouvrait la porte.

– Non, jamais ! Ce n'est pas ça du tout. Il a toujours été très correct. Tout s'est passé à l'amiable, fit-elle en s'éclipsant.

Jess resta sans bouger. Inutile d'espérer tirer quelque chose de sa mère. Mais elle pourrait peut-être obtenir des informations de sa grand-mère.

Elle voulut reprendre son fantasme à l'instant où elle épousait Ben Jones sur une plage des Caraïbes, en vain. Comment se concentrer sur Ben alors que sa relation avec Fred était à ce point mal engagée ?

Tout à coup, sa mère réapparut. Avec une tête bizarre. Butée. Mystérieuse.

– Dernière chose, annonça-t-elle.

Ça y était. L'instant de vérité. Le secret des parents de Jess. L'atroce vérité sur leur amour maudit.

– Je viens juste de m'en souvenir, annonça sa mère. Tu as rendez-vous chez le dentiste demain matin.

Votre père va être pris en flagrant délit de vol à l'étalage et plaider la démence passagère. 21

Jess n'avait pas la moindre carie. Elle remercia en silence la déesse des dents, autrement dit sa grand-mère. Et tout à coup, allongée sur le fauteuil du dentiste, elle se rappela qu'elle avait oublié de lui mettre des gouttes dans les oreilles. Ce soir-là, elle n'y couperait pas...

« Je n'ai pas envie de demander ça à ta mère, lui avait confié sa grand-mère d'un ton emphatique. Quand elle est fatiguée, elle a du mal à coordonner ses gestes. Je me souviens encore du jour où elle a cassé une vitre en essayant de me bander la cheville. »

Jess arriva au lycée à dix heures et commença par deux heures de maths. Flora était dans un autre groupe – plus fort, bien sûr – Jess ne la verrait donc qu'au déjeuner. À midi elle se rendit à la bibliothèque, mais pas trace ni de Flora ni de Fred. Peut-être que Flora était dans la galerie du gymnase avec Mackenzie et Ben. Pourtant, personne là-bas non plus. Juste des filles aux cheveux comme de la barbe à papa et aux cerveaux *en* barbe à papa qui bavaient devant un type surnommé Bison en train de faire des pompes.

– Vous n'avez pas vu Flora ? demanda Jess avec un regard méprisant à l'intention du body-builder.

Elle refusait d'être assimilée, même un instant, à ces filles qui tombaient en pâmoison pour des muscles en tablettes de chocolat.

– Je l'ai aperçue avec Mr. Samuels et Mackenzie dans la salle de musique, répondit l'une des filles barbe à papa.

Jess se demanda si ça valait la peine de traverser tout le lycée pour les rejoindre. Mais pourquoi était-elle toujours en train de courir derrière Flora ? Cela dit, cette promenade lui donnerait peut-être l'occasion de croiser Fred et de s'excuser enfin auprès de lui...

Elle s'assit sur un muret près des courts de tennis. De jeunes enfants essayaient de jouer, et c'était assez drôle. Une petite fille rousse voulut servir, lança la balle mais la manqua avec sa raquette. La balle lui tomba sur le nez. Surprise, la petite fille lâcha sa raquette, qui vola de l'autre côté du filet. Jess se sentit un peu rassérénée. D'accord, peut-être qu'elle était seule, abandonnée par sa meilleure amie et victime d'un affreux quiproquo avec Fred, mais au moins le malheur des autres lui procurait un peu de plaisir...

Jodie vint s'asseoir près d'elle.

– Qu'est-ce que tu fais pour le journal de Fred, toi ? demanda-t-elle.

Jess cligna des yeux d'ahurissement.

– Quel journal ?

– Tu n'es pas au courant ? Mr. Fothergill a demandé à Fred de s'occuper du journal du lycée, alors il commande des articles à tout le monde. Il m'a téléphoné hier soir pour me demander un papier sur l'écologie. Je croyais qu'il t'aurait appelée en premier !

Jess sentit son cœur se serrer. Fred avait téléphoné à Jodie la veille au soir ! Il était donc chez lui en train de passer des coups de fil à tout le monde ! Sauf à Jess... Et il avait dit à son père de raconter qu'il était absent.

– Non, je sors de chez le dentiste, alors je ne l'ai pas encore vu.

– Ça va être génial ! reprit Jodie. Fred a un bureau avec une pancarte « Rédacteur en chef » sur la porte. C'est le bureau de Mr. Fothergill qu'il lui prête jusqu'à la fin de l'année. On a réunion dans une minute. À plus !

Jess regarda à nouveau les enfants jouer au tennis. L'un d'eux essayait de lancer la balle assis par terre, les autres faisaient n'importe quoi, comme mettre des balles sous leur T-shirt et leur short pour se faire des seins et des fesses. La scène n'était plus aussi amusante.

Fred avait demandé à Jodie d'écrire un article sur l'écologie alors que pour Jodie, un centre commercial était certainement l'endroit le plus écologique sur terre ! Et en ce qui concernait le style, sans vouloir être vache, Shakespeare n'avait rien à craindre de la comparaison !

Peut-être que si Jess passait devant l'ancien bureau de Mr. Fothergill, Fred serait à la porte et qu'il lui dirait : « Jess, je te cherche partout depuis ce matin ! J'aimerais que tu sois notre chroniqueuse humoristique. Je t'offre une colonne en première page. Cinq cents mots sur le sujet de ton choix. Et on va aussi mettre ta photo, alors chez le coiffeur, s'il te plaît ! »

Le coiffeur était une blague récurrente entre eux. En général, c'était Jess qui ordonnait à Fred d'« aller chez le coiffeur » d'un ton d'adjudant, car Fred avait toujours des cheveux dans les yeux et le cou. On lui pardonnait parce qu'il était un élève brillant, en tout cas à Ashcroft. Jess s'était souvent demandé de quoi il aurait l'air les cheveux courts. Elle craignait qu'avec ses yeux grands comme des soucoupes, il se mette à ressembler à un lémurien… Cela dit, inutile de comparer les garçons à des animaux. Car les hommes *étaient* des animaux, de toute façon.

La porte du bureau était barrée d'une pancarte : « Ne pas déranger : réunion éditoriale ». Jess passa son chemin comme si elle ne faisait qu'emprunter le couloir. Elle marcha pendant une minute sans avoir la moindre idée d'où elle allait, et se retrouva au gymnase. Encore un peu, et elle adhérait au club des fans de muscles sans cervelle. Elle grimaça en faisant mine de penser à quelque chose de très sérieux, puis regarda sa montre, tourna les talons et se dirigea vers la salle de musique comme si elle venait de prendre une décision capitale, du genre sauver tous les enfants qui mouraient de faim dans le monde. Au moins, ça lui ferait des muscles, tous ces enfants à prendre dans les bras!

En approchant de la salle de musique, elle entendit quelqu'un jouer divinement bien du piano. Elle regretta de ne pas être douée pour la musique. Le morceau qu'elle exécutait le mieux, c'était tirer la chasse d'eau...

Dans la salle, elle aperçut les deux profs de musique, Mr. Samuels et Mrs. Dark. Mrs. Dark était au piano avec Flora. Mackenzie se tenait derrière elles, l'air très concentré. Mr. Samuels jouait de la basse, et Ben Jones, beau comme un dieu, était affalé sur le bureau. Il leva la tête au moment où Jess entrait et lui fit son adorable sourire.

Au lycée, on racontait que Mr. Samuels et Mrs. Dark avaient une liaison. Mr. Samuels était un peu enveloppé, mais il n'en restait pas moins très attirant avec ses cheveux noirs bouclés et son splendide sourire. Mrs. Dark était blonde (la vie était vraiment mal faite), du genre Marilyn Monroe, à part la tête. Ils passaient chaque jour l'heure du déjeuner à jouer de la musique, arrivaient le matin et repartaient le soir dans la voiture de Mrs. Dark.

Mr. Samuels avait une femme débile avec une coquetterie dans l'œil et deux enfants tout aussi débiles affublés de la même coquetterie. (La vie était vraiment mal faite.) Pourquoi n'avaient-ils pas hérité de la beauté de leur père ? Quant à Mrs. Dark, elle était mariée à un type avec une tête de tueur en série à la bouche cruelle et au nez de vautour. Même si Jess n'aimait pas l'idée que les profs couchent ensemble, dans ce cas, elle leur pardonnait. Si toutefois ils couchaient vraiment ensemble. On disait avoir vu la voiture de Mrs. Dark dans le chemin qui menait aux bois coquins. Mais peut-être qu'elle était juste partie promener son adorable petit chien.

– Jess ! s'écria Mr. Samuels avec un sourire ravi. Exactement la personne dont nous avions besoin ! (Il avait vraiment l'art de vous mettre à l'aise.) Flora nous a annoncé la formation de Cracheurs de Venin. Au fait, c'est un nom génial, Flora.

– C'est Jess qui l'a trouvé, répondit Flora en souriant.

Mais aurait-elle fait un tel aveu en l'absence de Jess, ou aurait-elle accepté le compliment avec son superbe sourire ?

– Flora et Mackenzie répètent avec Mrs. Dark, expliqua Mr. Samuels, en prononçant ce dernier nom comme s'il le caressait.

Mrs. Dark fit à Mr. Samuels un sourire qui aurait fait fondre la tour Eiffel.

– Tu pourrais peut-être nous aider, Jess, dit-elle en détournant les yeux de son amant. On aurait bien besoin d'un coup de main pour les paroles.

– Et si Jess entrait dans le groupe ? proposa tout à coup Mr. Samuels. Tu pourrais faire les percussions ! Les timbales, par exemple.

– Non ! s'exclama aussitôt Jess.

Apparemment le bonheur de cet homme lui avait fait perdre la tête, et il était en plein délire. Il était hors de question que Jess intègre le groupe après-coup ! Ça, jamais ! Elle refusait la compassion des autres pour son existence ratée, tragique et solitaire. Bien sûr, elle avait rêvé plus que tout au monde d'appartenir à ce groupe. Mais c'était trop tard. C'était *leur* groupe. Jess n'en faisait pas partie. Et elle se débrouillerait pour ne jamais en faire partie.

– On va jouer dans le spectacle de fin d'année ! lui annonça Flora d'un air triomphant, les yeux pétillant de joie. Comme il ne reste que deux semaines, on va devoir répéter tous les soirs après les cours.

– Heureusement que les examens sont terminés, fit remarquer Mr. Samuels avec un regard plein de désir pour Mrs. Dark.

De toute évidence, il pensait à leur dernière visite aux bois coquins, où ils avaient fait l'amour sur un lit de feuilles, peut-être au son de la musique en provenance de l'autoradio...

Jess essaya de calmer son imagination galopante.

– Génial ! s'exclama-t-elle. Mais je ne crois pas que ce soit possible. Je suis beaucoup trop occupée.

– Dommage..., fit Mrs. Dark. J'imagine que tu es embauchée par Fred pour son journal.

– Bon, je ne vous dérange pas plus longtemps, fit Jess sans répondre à l'embarrassante question de Mrs. Dark. (Avec un peu de chance, dès le lendemain, elle travaillerait vraiment pour Fred.) Je venais juste demander à Flora si je pouvais lui emprunter son livre de français, car je ne trouve plus le mien.

– Bien sûr, fit Flora. Il est dans mon casier. Tu connais le code.

– Merci beaucoup. Amusez-vous bien !

Et elle tourna les talons. Mais à cet instant, Ben Jones se laissa glisser du bureau.

– Heu, je crois que je vais y aller moi aussi, lança-t-il. Écrire des chansons, ça n'est vraiment pas mon truc.

Il emboîta le pas à Jess, et tous deux partirent en direction de la cour.

– Où tu vas ? demanda-t-il d'un ton badin.

Jess était trop embêtée pour dire qu'elle n'en savait rien. Elle pensait à trop de choses pour avoir les idées claires.

– J'ai soif, allons boire quelque chose, lança-t-elle.

Ils se dirigèrent vers le snack du lycée, où Jess leur acheta deux Coca et des crackers au fromage. Elle insista pour payer, Ben l'ayant invitée au fast-food.

Il se mit à parler du groupe, mais Jess n'écoutait pas.

– Bon, fit-il au bout d'un moment. Et maintenant, on va où ? Chercher le livre de Flora dans son casier ?

Jess poussa un soupir. Elle devait maintenant aller au bout de son mensonge. Car bien sûr, elle n'avait pas besoin du livre de Flora. C'était un prétexte. Chaque fois qu'elle racontait des bobards, elle se prenait les pieds dans les mailles du filet.

– C'est chiant, ce groupe, fit Ben. Surtout que je suis nul pour écrire des chansons. (Jess essaya de se concentrer sur ce qu'il disait.) Et je suis nul à la basse. C'est Mackenzie qui m'a obligé. Le groupe, c'est son idée, tu vois.

– Ah, fit poliment Jess. Mais je suis sûre que vous allez faire un malheur. Vous n'avez rien à craindre de la concurrence au spectacle de fin d'année, il n'y a que des grosses qui jouent de la trompette !

– Peut-être... Moi, je crois que ça va être nul et qu'on va faire un bide.

– Mais non ! protesta Jess, en faisant l'effort monumental de le regarder, car elle s'en voulait de ne pas avoir écouté ce qu'il disait depuis une demi-heure. Pour la peine, elle lui décrocha un sourire éblouissant en affirmant : T'inquiète pas, vous allez être géniaux. Je m'occuperai même personnellement de ton fan club, si tu veux.

À cet instant, Fred apparut devant eux. La réunion éditoriale devait être terminée. Il rougit. À tous les coups, il avait entendu la dernière remarque de Jess.

– Salut, fit-il, d'un ton volontairement léger et détaché.

Jess sentit ses os se réduire en poussière. C'était bien sa chance : alors qu'elle croisait enfin Fred, elle ne pouvait pas lui parler à cause de Ben. Fred avait l'air gêné, comme s'il avait quelque chose à dire, mais aussi très envie de partir en courant.

– Désolé, c'est un peu embêtant de demander ça..., marmonna-t-il. (Jess se tortillait sur place. Qu'est-ce qu'il allait dire ?) Est-ce que je pourrais... (Allait-il enfin lui proposer d'écrire dans son journal ?)... récupérer mes 20 livres ?

Le billet de 20 livres ! L'argent qu'il lui avait donné pour acheter un cadeau à sa mère ! En plus, Jess avait complètement oublié de le lui rendre !

– Bien sûr, excuse-moi, j'ai tellement de choses en tête ces derniers jours... Je suis vraiment désolée, bafouilla-t-elle en cherchant dans son portefeuille. (Elle se souvint à cet instant qu'elle venait d'utiliser le billet pour payer un Coca à Ben. Elle avait été surprise d'avoir autant d'argent sur elle, mais sans vraiment se demander pourquoi.) Oh non! Je n'ai que 17 livres. Je suis désolée. Je te rends le reste demain, dit-elle en tendant à Fred tout ce qu'elle avait.

C'était le pire moment de sa vie jusqu'à présent.

– Je peux te prêter trois livres si tu veux, lui proposa Ben en fouillant dans sa poche. Surtout que tu viens de me payer à boire, ajouta-t-il en donnant l'argent à Fred.

C'était encore pire. Rembourser Fred avec l'argent de Ben! Ben voulait juste bien faire, mais sa présence était vraiment une torture.

– Bon, ben merci. Salut! fit Fred en reculant.

Jess avait la terrible sensation qu'il comptait bien ne plus jamais lui parler. Il lança à Ben :

– Au fait... j'aimerais que tu me fasses un article sur le groupe. Pour mon journal. Raconter les répétitions, tout ça. Les engueulades, les doutes, le trac...

– Tu déconnes! fit Ben. Je ne connais même pas mon alphabet! C'est Jess qui pourrait s'en charger.

Fred lui lança un regard poli mais glacial.

– J'aurais préféré quelqu'un qui fasse partie du groupe.

– Désolée, je ne fais pas partie du groupe, s'interposa Jess. Flora est mieux placée. Va lui demander.

– OK, fit Fred avec un drôle de hochement de tête.

Il avait l'air soulagé.

– Il faut absolument que Jess participe au journal, insista Ben. Elle écrit des trucs géniaux, tu sais.

Jess n'avait qu'une envie, c'était qu'il se taise. Pourquoi Ben, toujours fier et muet, se donnait-il soudain tout ce mal pour faire la conversation ?

– Bien sûr, bien sûr, fit Fred en s'éloignant comme s'il était tout à coup pressé. Tout le monde doit écrire dans le journal. Envoyez-moi des papiers !

Et il fit un stupide petit signe de main.

La cloche sonna, ce qui évita à Jess d'avoir à parler davantage à Ben. Tant mieux, parce qu'elle avait la nausée, comme si elle venait d'engloutir trois milk-shakes coup sur coup. Pour Fred, elle était reléguée au rang de « tout le monde ». Comme dans « Tout le monde doit écrire dans le journal. Envoyez-moi des papiers ». Tout le monde, même toi, comment tu t'appelles, déjà ? Ah oui, c'est vrai, Jess.

Les cours passèrent péniblement, la cloche finit par sonner péniblement, et Jess rentra péniblement chez elle, le poids du monde sur les épaules. Les glorieux Cracheurs de Venin étaient partis répéter dans le garage de l'oncle de Serena. Fred était enfermé dans son bureau pour préparer son journal génial. Et

Jess rentrait mettre des gouttes dans les fascinantes oreilles de sa grand-mère.

Mais à son arrivée, mamy avait une surprise pour elle.

– Un garçon t'a téléphoné, annonça-t-elle. Il a refusé de me laisser son nom. Il a dit qu'il rappellerait. Je me demande si c'était ton ami. Fergus, c'est bien ça ?

Votre pizza va tomber par terre du mauvais côté et se couvrir d'une peu appétissante couche de saleté. 22

Le mystérieux garçon ne rappela jamais. Impossible pour Jess de téléphoner à Fred, elle avait trop peur que ce ne soit pas lui. Ça pouvait très bien être Ben, Mackenzie, voire Whizzer. Qui, tout de même, lui avait peloté le minestrone! Ce coup de téléphone donna à Jess la lueur d'espoir dont elle avait besoin pour ne pas se jeter tout de suite de la table de la cuisine. Sinon, le meilleur moment de la journée aurait été les gouttes à mettre dans les oreilles de sa grand-mère...

Après le dîner, sa mère regarda un reportage sur l'histoire d'Angleterre, Jess ne put donc se changer les idées avec MTV. Une fois dans sa chambre, elle entreprit de ranger ses vêtements, toujours dans des sacs plastique. Une tâche immense. Qui pouvait durer des années. Peut-être Jess finirait-elle dans cinq ans, au moment de quitter la maison, donc de ranger à nouveau toutes ses affaires...

À quoi ressemblerait-elle dans cinq ans? Elle aurait vingt ans. Hallucinant. Elle serait sans petit copain, de toute évidence, incapable qu'elle était de gérer les relations avec le sexe opposé. Aucune importance : elle ferait une brillante carrière de comique. Les hommes ne compteraient pas pour elle. Peut-être qu'elle aurait même intérêt à devenir lesbienne. Peut-être pourrait-elle entamer une relation avec Macy Gray, mettons une fois par semaine, mais tout habillée. Macy serait-elle d'accord? C'était peut-être la solution : prétendre qu'elle avait une liaison lesbienne secrète. Comme ça, tout le monde aurait moins pitié d'elle. « Heureusement que tu es là », soupira-t-elle à l'intention de Raspoutine.

Qui, comme d'habitude, eut l'air affolé.

Quel était donc ce garçon ayant refusé de laisser son nom? Whizzer, uniquement attiré par la soupe aux légumes? Ben Jones, qui traînait de temps en temps avec elle parce que son meilleur copain sortait avec sa meilleure copine? Ou Fred, qui ne lui parlait plus, et pour qui elle était reléguée au rang de « tout le monde ». Dire qu'elle avait dormi dans son pyjama! Pas en même temps que lui, certes. Mais ça n'était pas rien, tout de même! Pour elle, en tout cas.

Au lycée, le lendemain, elle aperçut Ben Jones près du panneau d'affichage.

– Comment se passent les répètes? demanda-t-elle.

Il fit la grimace :

– C'est la merde.

Sans allusion à un éventuel coup de téléphone la veille au soir. Il y avait donc toutes les chances que ce soit Fred, sauf que Jess ne savait comment vérifier. Elle avait anglais en troisième heure. Avec toute la classe. Si Fred l'avait appelée la veille, il lui dirait. Elle aurait quand même pu penser à lui rendre son argent avant qu'il le lui demande ! Elle s'était sentie non seulement honteuse, mais insultée. Pauvre Fred... Il devait se dire qu'elle était vraiment une salope.

Quand Jess entra dans la classe, Mr. Fothergill distribuait une feuille de questions. Fred était déjà en train de la lire, assis au premier rang. D'habitude, il s'installait au fond avec Flora et Jess. Il ne leva pas la tête quand elle apparut, ni quand elle passa près de lui. Elle fit de même et alla s'asseoir à côté de Flora. Mackenzie et Ben Jones étaient également là. Impossible de voir Flora toute seule, désormais. Jess allait devoir la kidnapper et l'emmener dans un refuge de montagne rien que pour papoter un instant.

Flora lui fit un sourire éblouissant, mais se tourna aussitôt vers Mackenzie pour lui murmurer quelque chose à l'oreille. Et lui prendre le bras.

– Bon, annonça Mr. Fothergill, je veux terminer l'étude de Shakespeare, car à partir du prochain cours, nous allons tenter de produire un texte. Atelier d'écriture, en quelque sorte. À ce propos, n'oubliez pas de donner à Fred vos articles pour le journal du lycée. Alors Fred, ça avance?

– Je croule sous les papiers, marmonna Fred. Je suis débordé. J'envisage le suicide.

– Bien, bien, s'émerveilla Mr. Fothergill. C'est parfait.

Puis il se lança dans des explications sur la feuille de questions concernant *La Nuit des rois*. Jess n'écoutait déjà plus. Elle ne pensait qu'au journal. Elle avait plein d'idées. Une chronique des âmes célibataires. Ou des potins. Un concours de BD où les concurrents dessineraient les profs et dont on publierait les meilleurs...

Mais elle ne soumettrait pas ses idées à Fred : elle avait trop peur qu'il les refuse. Qu'il les lui balance à la figure, ou qu'il les perde. Mais pourquoi ne lui avait-il pas proposé d'écrire un article? Il devait vraiment être en colère. Il avait même demandé un papier à Jodie, cette fille à peine capable de tenir un stylo!

– On commence, dit Mr. Fothergill.

Jess commença. Mr. Fothergill parlait de la pièce de Shakespeare, mais Jess resta sur son idée de chronique des âmes célibataires.

Quinze ans, charmante mais cinglée, 70 points noirs, cheveux ternes et gras à l'odeur de gouttes pour les oreilles de grand-mère, cul gigantesque, nichons qui ne pousseront jamais, bouffées délirantes, imagination aussi débor-

dante que son cul, cherche garçon beau comme un dieu avec une couronne de cheveux blonds, des yeux bleu piscine et un sourire capable de faire bouillir une casserole d'eau (Ben Jones, bien sûr). Amateurs de foot, fanas d'ordi ou accros aux films d'horreur s'abstenir.

« Et ça laisse quoi comme genre de garçon ? » se demanda Jess. Le sexe mâle était vraiment limité...

Elle imagina donc un troisième sexe, puisque c'était trop dur de choisir uniquement entre hommes et femmes. Et comment s'appellerait ce troisième sexe ? Des femâles ? Jess leur attribua d'abord les organes sexuels des deux sexes pour laisser plus d'options, mais le résultat était obscène. Elle décida donc de leur supprimer le sexe : comme ça, ils seraient plus élégants. Et débarrassés des complications qu'entraînait l'état amoureux.

Les femâles se reproduiraient avec un cheveu qu'ils tremperaient dans l'eau. Ensuite, des racines pousseraient, comme les boutures de géranium de sa mère. On les planterait et on les mettrait sur un appui de fenêtre bien ensoleillé. Un immense bourgeon apparaîtrait. On ajouterait une sorte de filet, comme pour les melons sous serre. Un jour, on entendrait un cri vigoureux. On s'apercevrait alors que le bourgeon avait explosé et qu'il y avait un bébé dans le filet. Il suffirait alors de lui donner un nom.

Jess pensa d'abord à des noms de lieux. Inde, ça serait joli pour une fille. Ou Wyoming, ou encore San Francisco, quoique ça existait déjà, et que c'était sans doute Saint-François en espagnol. Le saint qui aimait les oiseaux. Aigle, ce serait bien pour un garçon. Ou Albatros. Mais pas Pigeon. Seul un sadique exposerait ses enfants à une telle insulte ornithologique.

La cloche sonna.

– Jess ! appela Mr. Fothergill. Je peux voir ta feuille de questions ?

Jess resta pétrifiée. Elle n'avait pas écrit une seule ligne. Elle ne s'était pas rendu compte que l'heure tournait. Elle aurait juré que le cours avait commencé cinq minutes plus tôt. Les élèves sortirent les uns après les autres. Flora lui jeta un coup d'œil compatissant et lui glissa une moitié de barre au chocolat. Flora, bien sûr, avait écrit à la vitesse de la lumière et terminé la feuille de questions dans les temps.

Fred attendait pour parler à Mr. Fothergill. Jess lui fit signe de passer avant elle. Elle refusait que Mr. Fothergill l'humilie en public. Fred fit un signe de tête glacial qui signifiait « merci ».

– C'est au sujet des comptes rendus de foot, annonça-t-il à Mr. Fothergill.

Jess cessa aussitôt d'écouter et se mit à observer les cheveux dans le cou de Fred. Ils lui arrivaient presque aux épaules. C'était affreux. Si seulement il allait chez le coiffeur...

Fred et Mr. Fothergill réglèrent le problème, et Fred partit sans un regard à Jess. Elle haussa les épaules et posa ses feuilles sur le bureau.

– Qu'est-ce que c'est ? demanda Mr. Fothergill en examinant les croquis.

– Je m'ennuyais, expliqua Jess, alors j'ai inventé un troisième sexe.

– Et Shakespeare ?

– J'allais m'attaquer aux questions quand la cloche a sonné. Je suis vraiment désolée. Je n'ai pas vu le temps passer.

Jess s'attendait à ce que Mr. Fothergill soit furieux mais, à son grand étonnement, il continua à examiner ses croquis.

– Cette petite annonce me plaît, déclara-t-il finalement. Jess, tu devrais vraiment écrire pour le journal. Une chronique humoristique serait une excellente idée. Je vais en faire part à Fred, d'accord ?

– Je suis désolée, mais je ne peux pas écrire pour le journal.

Mr. Fothergill haussa les sourcils. Ses bajoues s'affaissèrent. On aurait dit un cochon désappointé. Pourtant, Jess n'avait aucune envie de le vexer.

– Ce journal, c'est une idée formidable, et j'ai

vraiment hâte de le lire. Mais je ne peux pas y participer… Désolée.

– Et pourquoi ça ?

Jess hésita. Si Mr. Fothergill avait été une femme, elle n'aurait pas hésité. Mais elle n'avait pas l'habitude de se confier aux hommes. D'après sa maigre expérience, dans ces cas-là, ils avaient tendance à pâlir et à partir se réfugier devant un match de foot.

– C'est à cause de mauvaises vibrations entre Fred et moi.

Mr. Fothergill fit la grimace. On voyait qu'il rêvait de match de foot, sauf qu'il n'y avait pas de télé dans la salle.

– Très bien, je ne te forcerai pas, dit-il d'un ton un peu amer. Mais que dis-tu du spectacle de fin d'année ? Tu m'as raconté un jour que tu voulais devenir comique. De toute façon, le spectacle te correspond sans doute mieux. Tu pourrais jouer le rôle d'une fille qui tente de rédiger une petite annonce, qu'en penses-tu ?

Jess se sentit tétanisée, mais aussi très excitée. Elle allait participer au spectacle ! Pas avec Cracheurs de Venin, mais toute seule ! Elle était tellement contente qu'elle pouvait à peine parler. Elle hocha la tête.

– Parfait ! déclara Mr. Fothergill. Je vais avertir Mr. Samuels et Mrs. Dark. Ce sont eux qui font la programmation. Et quand tu auras un début de monologue, je serai ravi d'en discuter avec toi. Tu pourras répéter dans la grande salle pour t'habituer à l'acoustique. Tiens-moi au courant de ton avancement. Il ne reste pas beaucoup de temps, alors ne traîne pas.

– Et... hésita Jess. Et les questions sur Shakespeare ?

– Ah oui, c'est vrai ! Je les veux demain à la première heure, ou tu auras de gros problèmes. Ou... d'assez gros problèmes, conclut-il avec un grand sourire porcin.

Mr. Fothergill était vraiment gentil. Promis, Jess ne mangerait plus jamais de cochon.

C'était l'heure du déjeuner. Flora et les garçons étaient partis travailler leurs chansons dans une petite salle de musique que Mr. Samuels et Mrs. Dark leur avaient permis d'utiliser. Ils ne disposaient que d'un piano, mais évidemment Flora jouait du piano (dans le niveau le plus fort, bien sûr), et Mackenzie avait apporté sa guitare. Les profs de musique allaient être très occupés avec les chorales pour le spectacle, sans oublier quelques excursions aux bois coquins pour se rouler dans les feuilles, mais Cracheurs de Venin n'avaient plus besoin d'aide. Mackenzie, toujours très confiant, avait déclaré qu'ils pouvaient répéter tout seuls. Qu'ils n'avaient besoin de personne. Et certainement pas de Jess.

Mais elle s'en foutait. Elle aussi avait un projet, maintenant. Tout d'abord, cependant, elle devait se restaurer : il lui fallait de l'énergie pour alimenter son cerveau. Elle mourait de faim. Elle engloutit un sandwich au poulet à la cantine. Toute seule. Elle n'avait envie de parler à personne. Son cerveau tourbillonnait à la vitesse de la lumière.

Cinq minutes plus tard, elle avait terminé son repas. Elle se rendit à la bibliothèque, où elle s'assit seule. Et attrapa un papier et un stylo. Son monologue allait provoquer l'hilarité générale. Elle montrerait à Flora combien elle pouvait être brillante, elle aussi. Et à Fred ! C'était sa seule chance. Elle allait faire un numéro de comique. Un grand numéro.

Vous allez découvrir un poisson rouge mort dans votre verre de jus d'orange. 23

Pendant quelques jours, Jess eut une vie bien réglée : dès qu'elle avait un instant, elle filait à la bibliothèque. Au moins, ça lui permettait de penser à autre chose qu'à ses rapports glaciaux avec Fred. Quand elle réfléchissait à son monologue, elle oubliait tout le reste.

« Plus j'essaie de rédiger cette annonce, plus l'envie de vivre me quitte... »

Toute la matinée, elle attendait l'heure du déjeuner pour reprendre son texte.

« Jeune guenon sans seins au cul pelé. » L'après-midi, elle attendait la fin des cours pour s'y remettre. « Déesse de 15 ans, ou plutôt déité mineure affublée de toutes les maladies de peau existantes. » Quand elle y pensait, Jess était particulièrement excitée – comme à l'époque où elle vénérait Ben Jones. Elle était encore plus folle de son monologue que de ce garçon.

Elle n'avait pas cessé d'être amoureuse de Ben Jones, mais c'était différent. En sa présence, elle était tout sauf excitée. Il était tellement lymphatique. Ses yeux bleus et son sourire étaient toujours géniaux, et alors ? Il semblait avoir davantage envie de parler de Flora et Mackenzie que d'imaginer la plage des Caraïbes où Jess et lui feraient de la plongée sous-marine et s'embrasseraient sur le sable chaud.

Un matin, il la retrouva sur un banc près du terrain de sport.

– Flora et Mackenzie s'engueulent, alors je préfère les laisser tranquilles.

– À propos de quoi ?

– Oh, plein de trucs, fit-il en haussant les épaules. Ils ne sont pas d'accord au sujet du groupe.

– Ah bon ? fit Jess, qui trouvait ça intéressant, mais pas autant que son monologue. Ils ne sont finalement pas faits l'un pour l'autre ?

Ben soupira en haussant les épaules :

– J'en sais rien.

Puis il tourna la tête vers le soleil et ferma les yeux.

– Et à propos de quoi ils s'engueulent exactement ?

– Comme le groupe, c'est son idée, Mackenzie veut décider de tout, mais Flora n'est pas le genre de fille à se laisser faire. Elle est intelligente, et tout ça.

Jess ne savait pas si elle devait être contente que Ben fasse des compliments sur son amie, ou bien jalouse. Elle opta pour la seconde hypothèse, plus intéressante.

– Pas comme moi, fit-elle avec un sourire ironique.

– Toi ? fit Ben en se tournant brusquement vers elle, les yeux écarquillés. Tu plaisantes ! Tu es à des années-lumière la plus intelligente de nous tous !

Il n'en fallait pas plus pour que Jess soit à jamais amoureuse de Ben. Mais il avait beau la trouver super intelligente, il ne lui prenait pas pour autant la main, ni ne jouait avec ses cheveux, ni ne la dévorait du regard, contrairement à Mackenzie avec Flora.

– Flora, continua-t-il sans la regarder, ne supporte pas qu'on lui donne des ordres. Elle veut chanter en jouant du clavier. Mr. Samuels dit que ça ne pose pas de problème, qu'on peut mettre des micros, mais Mac voudrait qu'elle danse sur le devant de la scène, tu sais, comme dans ces clips débiles sur MTV. Qu'elle s'exhibe. Qu'elle soit sexy. C'est pour ça qu'ils s'engueulent. Flora dit que Mackenzie veut la montrer comme une pute, des trucs comme ça.

– Et toi, tu en penses quoi ?

– Je crois que je suis plutôt d'accord avec Flora. Elle n'est pas obligée de se montrer en mini-jupe si elle n'en a pas envie. C'est vulgaire. Je préfère la voir jouer du clavier. C'est plus... classe. (Cet ange descendu des cieux disait donc des choses sensées. Même si les mots sortaient lentement de sa bouche.) Mais le problème n'est pas là, en fait. Le problème, c'est qu'on n'est pas bons. On va se ridiculiser. Notre groupe est nul. Alors je me demandais... si tu accepterais de faire quelque chose pour nous.

Jess se sentit tétanisée. Non, par pitié, pas faire partie du groupe ! Pas au moment où son monologue prenait forme, où le groupe semblait déchiré par des luttes intestines, et qu'il était sans doute vraiment nul. Mais aurait-elle le courage de refuser si Ben Jones le lui demandait ?

– Tu pourrais venir assister à la répète ce soir ? Peut-être que tu auras des idées... Sinon, on est foutus.

– Bien sûr ! fit Jess. Mais demain, pas ce soir. Je dois d'abord en parler à Flora. Pour être sûre qu'elle est d'accord.

– OK. Et je t'en supplie, ne nous ménage pas. Dis-nous ce que tu penses. Vraiment.

– Bien sûr !

– Merci, dit Ben en se levant et en lui posant la main sur l'épaule. Tu es géniale. Faut que j'y aille, j'ai entraînement de foot.

Il s'éloigna d'un pas nonchalant. L'endroit où il avait posé sa main semblait briller. C'était la première fois que Ben Jones la touchait. S'il lui avait frôlé l'épaule quelques semaines plus tôt, elle ne se serait pas lavée pendant un mois. Voire un an.

Elle aurait fait de son épaule une relique sous un globe en verre ornée chaque jour de fleurs fraîches. Elle aurait gagné une fortune en permettant aux filles de l'embrasser. Elle aurait mis un panneau : « Ben Jones a touché cette épaule. Admirez l'empreinte miraculeuse de ses doigts, glissez une pièce pour baiser l'endroit que sa paume a effleuré. » Mais là, Jess ne pouvait s'empêcher de se dire qu'il l'avait tapotée comme un vieux chien fidèle à qui on fait une caresse. Un vieux chien puant, même.

Et puis, il parlait tout le temps de Flora. La première fois qu'elle avait pris un café avec lui, il lui avait posé plein de questions sur sa copine. Peut-être que la seule raison de sa présence, c'était Flora. Peut-être qu'il lui parlait rien que pour entendre la divine musique de son nom. Peut-être que Ben était secrètement amoureux de Flora ! Flora la déesse. La seule consolation de Jess, c'est que c'était aussi une marque de produit d'hygiène...

Elle était furieuse. Nourrissait-elle encore quelque espoir d'une histoire avec Ben Jones ? Ces derniers temps, elle avait été très occupée. D'abord par ses ennuis avec Fred (qui ne lui adressait toujours pas la parole), puis par son monologue, et enfin par tous ses devoirs en retard. Dans ses rares moments de liberté, elle se demandait aussi pourquoi ses parents s'étaient séparés. Avec tout ça, il ne lui restait guère de temps pour penser à Ben Jones...

Il venait souvent la retrouver, c'était vrai. Mais il ne la draguait pas vraiment non plus. Jess s'était habituée à sa présence. Peut-être qu'il était tout simplement lent au démarrage. Peut-être qu'après six mois de conversation sur le groupe, le foot, Flora et Mackenzie, il lui passerait le bras autour des épaules en disant : « Tu es vraiment jolie aujourd'hui. » Et qu'enfin, il l'embrasserait. Avant qu'elle devienne sénile et succombe de vieillesse.

Tout ça n'allait jamais se produire parce qu'en réalité, il ne s'intéressait pas vraiment à elle, mais à Flora. Jess se sentit si triste qu'elle repartit sur-le-champ en shopping à New York, où elle admira les vitrines chez Tiffany et s'offrit une lampe à 50000 - dollars. Néanmoins, elle resta vaguement nauséeuse toute la journée.

Ce soir-là, après les répétitions du groupe, elle appela Flora.

– Jess ! s'écria Flora, la fille que tout le monde aimait. J'ai vraiment eu une journée atroce. Mackenzie me pompe l'air. Il exige que je me dandine sur scène alors que, moi, je veux jouer du clavier. BJ aimerait que tu viennes voir une répétition pour nous donner des conseils. Il croit beaucoup en tes avis, moi aussi. Alors à force d'insister, Mackenzie a accepté. Je t'en prie, dis-moi que tu viens nous voir demain. Je t'en supplie ! Il n'y a que toi qui peux nous empêcher de subir l'HUMILIATION ABSOLUE !

Jess avait très envie de les voir dans l'humiliation absolue, assise au premier rang pour mieux jouir du spectacle. Mais elle ne pouvait faire ça à sa plus ancienne amie. Flora ne faisait rien de spécial pour être irrésistible, exquise, divine... Toutes deux avaient une réelle complicité depuis des années, et Jess se devait d'être fidèle à Flora. Et puis elle n'aimait pas l'idée que Ben Jones se soit servi d'elle. Même s'il aimait Flora et pas elle. Qui n'aimait pas Flora, de toute façon ?

– C'est bon, je vais venir.

– Et si après nous avoir vus jouer, tu nous faisais ton monologue ? On pourrait à notre tour te dire comment l'améliorer.

Heureusement qu'elles étaient au téléphone, sinon Jess aurait assassiné Flora avec un bout de papier ou un pot de yaourt vide.

– On verra, fit-elle.

Mais en elle-même, elle pensait : « Je préférerais voir ma mère danser nue devant le lycée que de dévoiler un seul mot de mon monologue à Flora and Cie et de leur permettre de me donner des conseils. »

Encore l'une des phrases favorites de Fred, ça : « Je préférerais voir ma mère danser nue devant le lycée... » Il avait de l'humour. Il ne lui avait pas adressé la parole depuis si longtemps qu'elle en conclut qu'ils étaient désormais ennemis mortels.

La revanche de Jess, ce serait de le faire tellement rire grâce à son monologue qu'il en mouillerait son pantalon. Ce monologue était l'arme secrète de Jess. Avec ça, elle allait tous leur en mettre plein la vue.

Alors que vous dansez sur place, la fermeture Éclair de votre pantalon va lâcher dans un bruit déchirant. 24

Le garage de l'oncle de Serena était situé en banlieue au milieu d'entrepôts et de parkings : un endroit parfait pour répéter sans avoir de problèmes avec les voisins. L'oncle de Serena, un homme divorcé, passait de longues heures au volant de son camion ; le groupe avait donc une totale liberté. Et puis le garage était immense : ce n'était pas un garage pour une voiture, mais pour plusieurs camions. Il y avait là un semi-remorque en attente de réparation, et il restait quand même plein d'espace.

Jess patienta le temps qu'ils préparent. Mac et Ben branchaient les amplis et accordaient leurs guitares, Flora enfilait son costume de scène, car les conseils vestimentaires étaient tout aussi importants. Même Mac avait mis sa tenue gothique. Jess sortit son calepin et y nota quelques idées pour son monologue.

Pourquoi les gens qui passent une petite annonce se disent-ils « séduisants » ? Dans ce cas, pourquoi passent-ils une petite annonce ? Et si l'homme idéal doit être beau, grand, brun, pourquoi est-ce que je rêve d'une vie léthargique et flatulente en compagnie d'Homer Simpson ?

– Je suis prête ! annonça Flora.

Quand Jess leva la tête, ses yeux manquèrent jaillir de leur orbite. Flora qui, dans ses bons jours pouvait avoir la classe de la princesse Diana, était rabaissée au rang de drag queen : bottes léopard à talons aiguilles, minijupe en cuir, guêpière, décolleté plongeant, jarretelles, collier gothique à pointes, cheveux en bataille, rouge à lèvres et ombre à paupières noirs. On aurait dit qu'elle venait de repousser les assauts d'une meute de rottweilers. Elle avait apparemment renoncé à jouer du clavier pour se résoudre à chanter sur le devant de la scène.

– Je suis tendance chic trash, expliqua-t-elle.

– Hallucinant ! fit Jess en se retenant de rire.

– On y va ! lança Mackenzie.

Ben Jones joua quelques notes sur sa basse, et ils prirent place. Mackenzie frappa sur le synthétiseur, et un terrible bruit s'éleva. Jess avait beau être habituée au vacarme, elle ne put s'empêcher de sursauter comme si un express passait à dix centimètres. Flora avait renoncé à sa grâce et à son charme coutumiers pour s'accroupir dans la position d'un babouin. Elle se mit à hurler. Même si ce qu'elle disait n'était pas très clair.

« J'ai froiiiiiiiiiiiiiiiiiiiiiiiiiiiiiiiiiiiiid ! Je veux un saunaaaaaaaaaaaaa ! Réchauffe-moiaaaaaaaaaaaaaaa ! »

Puis elle bondit en restant accroupie et en secouant violemment les cheveux. Elle faisait une drôle de tête, exhibant ses dents et louchant. Puis elle promena son regard sur un public imaginaire en agitant la langue.

« J'ai besoin de toiaaaaaaaaaaaaaa ! Il faut que je mette baaaaaaaaaaaaaas ! »

Jess n'en croyait pas ses oreilles. Elle fut prise d'une terrible envie de rire. Mais impossible. Vraiment impossible. Elle voulut regarder Mackenzie pour chasser son fou rire, mais s'aperçut qu'il faisait des gestes obscènes avec sa guitare. Un jour, à la campagne, Jess avait vu des moutons copuler. Or Mackenzie ressemblait à un mouton pris de folie qui copule avec sa guitare… Seul Ben Jones réussissait à garder un peu de dignité. Mais, désormais accoutumée au vacarme, Jess se rendit compte que presque toutes ses notes étaient fausses.

Tout à coup, le bruit cessa, et, haletants, tous la dévisagèrent.

– Hallucinant ! s'exclama-t-elle.

Un mot très utile, qui lui rendait souvent de grands services. Là, vraiment, elle ne voyait pas quoi dire d'autre.

– On a un autre morceau, annonça Mackenzie. Plus calme. Allez, on le joue !

Jess espéra réussir à chasser son envie de rire. Mais c'était impossible, vraiment impossible ! Le deuxième morceau était encore pire. Au moins, au premier, Flora hurlait. Maintenant, elle chantait. Or c'était évident qu'elle chantait faux.

Il faut dire qu'elle n'était pas aidée par Ben et Mackenzie, qui grattaient leurs instruments avec la délicatesse de deux ours qui s'attaquent à un abri de jardin.

« La nuiiiiiiiiiiiiiiit... Je m'ennuiiiiiiiiiiiiiiiiiiiiiiiiii-iiiiiie », hulula Flora comme un aspirateur en mal de réparation.

« Et la luuuuuuuuuuuuuuuune... ressemble à une duuuuuuuuuuuuuuuuuuune... »

Puis Flora effectua des gestes terriblement vulgaires : elle se caressa les seins, se massa les hanches et dessina d'absurdes cercles autour de son nombril. Jess retenait son souffle. Elle avait l'impression d'assister à un accident de voiture au ralenti. Au lieu de s'atténuer, son envie de rire croissait comme un bébé qui grandit en accéléré. L'envie ayant envahi son torse menaçait maintenant de conquérir sa gorge.

– Ouah ouah ! gémit Flora en secouant la tête d'un air désespéré.

Jess pensa au petit chien qu'elle promenait de temps en temps : il faisait le même bruit quand il jappait. Il allait falloir qu'elle rie. Impossible de se retenir plus longtemps. Une seule solution : faire passer ça pour une quinte de toux. Elle attrapa un mouchoir dans son sac. Heureusement que sa mère insistait depuis sa plus tendre enfance pour qu'elle ait toujours un mouchoir sur elle. Sa mère méritait une médaille !

Jess lâcha un premier rire pendant que le groupe terminait son morceau et, dès que la musique se tut, elle se leva en se cachant le visage et bredouilla :

– Pardon, une crise d'asthme, je vais prendre l'air.

Elle sortit en titubant et traversa le parking désert toujours cachée derrière son mouchoir en toussant de façon exagérée jusqu'à ce qu'elle entende le groupe se remettre à jouer.

« Mais comment me traites-tuuuuuuuuuuuuuuu ? Sais-tu que tu me tuuuuuuuuuuuuuuuues ? »

Comment un son aussi affreux pouvait-il provenir d'une si jolie gorge ? Jess partit dans un nouvel éclat de rire. Elle pouvait maintenant se laisser tranquillement aller à l'hilarité. Elle en gémissait presque. Elle rit jusqu'à ce qu'il ne reste plus la moindre once de rire en elle, puis elle essuya délicatement ses larmes, comme si les os de son visage risquaient de se briser. Elle revint dans le garage au moment où ils terminaient leur morceau.

Leurs visages exprimaient l'espoir, la peur et la frustration : Flora espérait, Ben avait peur, Mackenzie semblait frustré. Jess se sentit désolée pour eux. Les pauvres ! Dans cinq jours, ils allaient se produire devant tout le lycée. Ils lui lançaient des regards suppliants. Ben Jones lâcha finalement d'un ton cynique :

– Allez, vas-y, dis-le. On est si mauvais que ça ?

Mackenzie avait l'air furieux. Flora paraissait prête à se vexer, mais impatiente de savoir.

Jess hésita. Les féliciter, c'était les livrer au ridicule devant tout le lycée. Mais comment pouvaient-ils s'améliorer en cinq jours seulement ? Flora ne progresserait jamais, même si elle répétait pendant vingt ans. Jess implora en silence la déesse du rock : « Je vous en supplie, donnez-moi une idée. »

Et là, un miracle se produisit. La bouche de Jess s'ouvrit, et elle dit :

– Vous êtes géniaux. Mais le problème, à mon avis, c'est que vous êtes trop bons. Voilà ce que je me disais pendant ma crise d'asthme : et si vous faisiez tout pour être aussi mauvais que possible ? Et si vous vous inventiez trois personnages genre losers et débiles, et que vous réécriviez les textes pour qu'ils soient drôles ? Ça pourrait vraiment marcher. Une sorte de parodie de concert rock, vous voyez ?

Et là, un second miracle se produisit. Jess lut sur leurs visages du soulagement, de l'excitation et de la gratitude.

– C'est une idée géniale ! s'écria Mackenzie. Comme ça, si on joue faux, ça n'aura pas d'importance, parce que ça ne sera pas vraiment nous !

– Et ça n'aura aucune importance si je chante mal ! Jess, tu es géniale ! renchérit Flora en courant vers elle pour la prendre dans ses bras, un geste douloureux à cause du collier gothique.

Ben Jones se contenta d'un « génial, génial ! », comme s'il parlait tout seul.

– Vous pourriez aussi dire quelques mots avant le concert, reprit Jess, emportée par son idée. Vous pourriez présenter vos personnages pour que tout le monde comprenne bien que ce n'est pas vous. Dire un truc du genre : « Salut, je suis Aaron Plougaster, et voici mon groupe, les Caniches Élastiques. Jules Nerdstone à la basse et notre chanteuse, Laine de Brassière... » Vous diriez des trucs ringards comme ça et vous joueriez le plus mal possible.

– Notez, notez, les gars, s'écria Flora. Notez tout ce qu'elle vient de dire !

– Ouais, tu devrais aussi écrire nos textes, reprit

Ben Jones. J'ai comme l'impression que tu viens de nous sauver la vie…

Jess fit un sourire modeste en haussant les épaules. C'était un peu exagéré, mais très agréable de se sentir utile. Ben Jones lui décocha un regard d'amour pur. Dommage, justement, qu'il soit si pur. Mais c'était un début.

Vous allez entendre des petits pas de souris sous le plancher de votre chambre. 25

Les quelques jours suivants furent mouvementés. Le groupe modifia son programme, et Jess assista à une nouvelle répétition. Le problème, c'est que maintenant qu'ils essayaient d'être drôles, ils l'étaient moins. Cette fois, Jess dut se forcer à rire, contrairement au premier jour. La parodie était vraiment un genre difficile !

Mais leur numéro était à peu près au point, et Jess leur avait épargné le ridicule. Tout en donnant quelques conseils perfides à Flora.

« Tu pourrais rendre Laine plus vulgaire. Pour qu'elle soit vraiment abominable. »

Jess avait hâte de voir ça.

Mr. Fothergill ayant proposé à Jess un coup de main pour son sketch, ils se retrouvèrent dans la salle d'anglais deux jours avant le spectacle. Tremblante, le cœur battant aussi fort qu'un baffle dans une boîte de nuit, Jess se jeta à l'eau.

« *15 ans.* Fille de 15 ans? Ouais... Cela dit, pourquoi pas poule ou gazelle? Plus j'essaie de rédiger cette annonce, plus l'envie de vivre me quitte... Au secours, je ne suis même pas capable de trouver le début! »

À cet instant, elle fut distraite par un élève qui frappait à la porte. Ça commençait bien!

– Interdiction d'entrer! cria Mr. Fothergill. Désolé, Jess, on continue.

– Je reprends tout depuis le début?

– Non, pas la peine. Contente-toi de poursuivre.

Peut-être qu'il avait envie d'en finir au plus vite...

Jess prit son courage à deux mains.

« *15 ans.* Bon. Donc, une fille. Mais je déteste ce mot. Ça fait bête. J'imagine cette fille en train de pleurer sur le sort d'un écureuil écrasé ou de faire de la broderie... Mais quoi d'autre, *fan de punk*? Non. *15 ans, cul comme une chaîne de montagnes*? Non. Et pourquoi pas *déesse*? *Déité mineure de l'acné*? Mouais. *Fille,* c'est peut-être encore le plus simple. »

Mr. Fothergill souriait de façon encourageante. Était-ce uniquement par politesse? Jess serra les dents et poursuivit :

« Bon. *15 ans, fille*? Je suis bien obligée de mettre ça, à moins de mentir sur mon âge. Ce qui n'a pas marché quand j'ai essayé de louer un film interdit aux moins de 18 ans… *15 ans. Jolie*? Pas très juste, mais les lecteurs n'en sauront rien… Quelqu'un m'a-t-il déjà fait un compliment? Ah oui, quand j'étais petite, ma grand-mère m'a un jour dit que j'étais charmante. Même si juste après, elle a dit la même chose d'une vieille dame qui passait par là. Bon, va pour charmante.

« *15 ans, charmante, bonne ménagère.* C'est important, non? Vous allez penser que je suis vieux jeu, mais ça compte pour se trouver un homme! »

Mr. Fothergill éclata de rire puis grogna comme un petit chien qui espère un biscuit.

« Cela dit, charmante, c'est pas mal, passe-partout en tout cas. On peut avoir un cul de dinosaure et pourtant être charmante! Bon, on reprend, *15 ans, charmante, mais, avouons-le, cinglée. Cinglée de chez cinglée. Hobbies : pratique l'aérophagie. Voire la flatulence au niveau olympique. Ah oui, très important : grande pratique des soins aux oreilles de grand-mère. À* part ça? Quels sont mes autres loisirs? *M'asseoir, me lever, rester debout parfois. Jamais très longtemps.* »

Mr. Fothergill éclata à nouveau de rire. « Je l'aime, je l'aime », pensa Jess. En tout bien tout honneur! Elle aurait aimé toute personne riant à ses blagues. Or, Mr. Fothergill riait haut et fort. Son rire ressemblait à celui du Père Noël. Jess se sentit bizarrement reconnaissante, et termina en confiance.

– C'est excellent ! annonça Mr. Fothergill. Très drôle ! Jess, si tu le veux bien, je vais faire une photocopie de ton texte. Comme ça, je pourrai te le souffler si tu as un trou de mémoire. Ah oui, un petit détail : tu devrais jouer assise à un bureau et griffonner pendant que tu rédiges ton annonce. Tu pourrais aussi froisser tes feuilles au fur et à mesure et les lancer dans le public, ils vont adorer.

Mr. Fothergill perdait son temps à Ashcroft. Il aurait dû travailler à Hollywood.

– Allez, je te ramène chez toi, fit-il une fois que Jess eut recommencé son sketch assise à un bureau et qu'il eut photocopié le texte.

– Ne vous embêtez pas, je peux rentrer à pied, je n'habite pas loin.

– Non, je te ramène chez toi, au cas où ta mère s'inquiète de ton retard.

– Ma mère ne s'inquiète que de la situation internationale.

– Dans ce cas, elle doit être verte de peur !

Mr. Fothergill attrapa sa veste et éteignit les lumières, puis ils s'éloignèrent dans le couloir. Et tout à coup, il annonça :

– Mais d'abord, on doit passer chercher Fred.

Le cœur de Jess se mit à battre à toute allure. Fred et elle n'avaient échangé ni un mot ni un regard, sans parler d'une imitation de singe, depuis des jours. Jess eut tout à coup l'impression que ses jambes étaient des spaghettis trop cuits.

Ils atteignirent le bureau du rédacteur en chef. Dont la porte était grande ouverte. Fred tapait comme un fou sur le clavier de son ordinateur au milieu d'une montagne de papiers.

– C'est l'heure, Fred ! annonça Mr. Fothergill.

Fred leva les yeux, aperçut Jess et devint livide. Puis tout rouge.

– Ça va ? demanda Jess.

– Très bien, merci.

Il éteignit son ordinateur, se leva et mit quelques papiers dans son sac. Sans un regard à Jess.

– Fred est impatient de faire la critique du spectacle, annonça Mr. Fothergill. (Jess se sentit défaillir.) Il promet de descendre tout le monde.

– Quand le journal va-t-il sortir ? s'enquit Jess, trop tétanisée pour dire quelque chose d'intéressant.

– Au début de la semaine prochaine, expliqua Mr. Fothergill alors qu'ils traversaient le parking en direction de la banane du flambeur. Ma voiture n'a pas de banquette arrière, mais pour un trajet si court, vous vous serrerez à l'avant, annonça Mr. Fothergill en ouvrant la portière avec l'insouciance d'un tortionnaire. Monte en premier, Fred. Jess, tu ne vois pas d'inconvénient à t'asseoir sur ses genoux ?

– Pas du tout, ça m'entraînera pour le jour où je

devrai m'asseoir sur les genoux du rédacteur en chef du *New York Times*.

– C'est toi qui seras rédactrice en chef du *New York Times*, Jess ! protesta Mr. Fothergill.

Fred s'engouffra avec maladresse dans la voiture, et Jess n'eut d'autre solution que de se mettre sur ses genoux.

– Désolé, fit Mr. Fothergill, mais vous devez attacher votre ceinture. Elle est assez grande pour deux.

Une fois ligotés, Jess et Fred durent attendre que Mr. Fothergill s'installe, cherche ses lunettes, fasse tomber ses clés, mette le contact... Pour finir, la banane du flambeur démarra dans un rugissement. Jess sentait la chaleur des genoux de Fred. Il était silencieux et immobile. Sans doute horrifié. Jess se sentait brûlante, puis frissonnante. Elle tremblait presque. Mr. Fothergill parlait critique de théâtre. Jess et Fred étaient muets. C'était maintenant au tour de Mr. Fothergill de faire un monologue, même s'il ne semblait pas en avoir conscience.

Ils atteignirent enfin la maison de Jess, qui descendit de voiture.

– Merci, Mr. Fothergill, lança-t-elle. Désolée d'avoir été si lourde, Fred, ajouta-t-elle maladroitement. Il faut que je me mette au régime. Salut !

La banane du flambeur rugit à nouveau. Jess remonta l'allée, soulagée mais aussi un peu triste que cette étrange expérience soit déjà finie. C'était la première fois qu'elle s'asseyait sur les genoux d'un garçon.

Quelle ironie du sort que ce soit Fred ! Lequel devait avoir maudit chaque instant du trajet. Jess s'était sentie brûlante puis frissonnante, à la fois pleine d'excitation et d'horreur. Si un garçon qu'elle détestait lui faisait un tel effet, qu'est-ce que ça serait avec Ben Jones ? Même si elle doutait que Ben Jones et elle se retrouvent un jour sur les genoux l'un de l'autre. Il était plus probable qu'elle s'asseye sur des braises ou le dos d'un alligator...

– Bonjour ma chérie ! s'exclama sa grand-mère d'un ton guilleret, toujours prête à annoncer une nouvelle catastrophe. Il y a eu un massacre au Venezuela et j'ai fait un gâteau à la noix de coco !

Après avoir englouti la moitié du gâteau, Jess se rendit compte qu'elle avait un peu mal à la gorge. Puis, alors qu'elle regardait *Jurassic Park* avec sa grand-mère, elle eut à nouveau des frissons. Elle se sentait brûlante. Puis tremblante. Peut-être qu'en fait, cette sensation n'était pas liée à Fred. Peut-être que c'était la grippe.

– Tu es un peu rouge, ma chérie, observa sa grand-mère.

Quand sa mère rentra de son meeting pour la paix, Jess était enroulée dans la couverture de l'armée de son arrière-grand-père sur le canapé. Sa mère prit sa température. Elle avait 39.

– C'est beaucoup, déclara-t-elle. Il faut que tu ailles au lit. Mon Dieu, ma petite chérie ! Dire que j'assistais à ce stupide meeting alors que tu étais malade ! Je vais te faire des œufs brouillés !

Il fallait vraiment que Jess soit souffrante pour que sa mère la plaigne de cette manière.

– Je ne veux pas d'œufs brouillés, croassa-t-elle. Même quand je ne suis pas malade, je déteste ça !

– Mais bien sûr, j'avais oublié ! s'exclama sa mère en l'aidant à monter l'escalier et en se démenant pour lui préparer son lit. Oh non, il n'y a plus de vitamine C !

– Combien ça fait de fièvre en degrés Fahrenheit ? demanda mamy depuis le bas de l'escalier.

– Environ cent, je crois, répondit sa mère.

Cent ! Ça paraissait terrible. Et si Jess mourait ? Fred serait bien embêté.

Elle imagina Fred à son enterrement. Inconsolable. Puis elle le vit venir chaque jour se recueillir sur sa tombe en sanglotant et en jetant des boutons de rose. Et comme elle s'était assise sur ses genoux, il ne les laverait jamais plus. Ce qui, de toute façon, était sans doute déjà le cas.

Jess grelotta toute la nuit. Elle avait mal à chaque os de son corps. Elle fit d'étranges rêves fiévreux où elle voguait sur l'aile d'un avion. En ville, un immense bébé nu régulait la circulation. Pire : elle voulait jouer son monologue, mais elle avait tout oublié. À son réveil, ses draps étaient trempés de sueur.

– Ma pauvre petite ! Tu n'iras pas en cours aujourd'hui, dit sa mère en lui essuyant le front avec un gant de toilette qui sentait horriblement mauvais. (Jess le savait déjà. Rien que se lever était en soi une épreuve.) C'est la grippe. Tu iras mieux ce week-end.

– Mais le spectacle a lieu demain ! protesta Jess. Il faut que je sois guérie pour le spectacle !

– Je suis désolée, ma puce, mais c'est impossible.

Jess se sentit submergée par la déception. Le seul jour de l'année où elle rêvait d'aller au lycée, le seul jour où elle avait quelque chose à y faire, c'était impossible ! Trahie par son corps ! Elle insulta en silence le dieu de la grippe et se mordit la lèvre pour éviter de pleurer. Mais une fois que sa mère eut disparu, elle renifla dans son oreiller. Rien d'étonnant à ça : la maladie l'avait tellement affaiblie que même une publicité pour de la lessive la faisait fondre en larmes.

Elle chercha en vain une consolation. Et finit par en trouver une : au moins, son sketch ne serait pas descendu par Fred dans le rôle de critique de théâtre.

Vous allez par erreur appeler un prof « maman ». 26

Le lendemain, Jess était toujours très faible, mais elle réussit à descendre l'escalier. Sa mère avait préparé un lit sur le canapé de façon que sa grand-mère puisse s'occuper d'elle sans avoir à monter les marches.

Le portable de Jess bipa. Son père avait appris qu'elle était malade.

QUEL VIRUS? COMBIEN DE FIÈVRE? DIS À TA GRAND-MÈRE DE TE FAIRE BOIRE BEAUCOUP.

203 DE FIÈVRE ET MAMY VIENT JUSTE DE ME SERVIR MON 3° GIN TONIC.

TU PLAISANTES OU TU DÉLIRES?

JE DÉLIRE. P.-S. : POURQUOI MAMAN ET TOI VOUS AVEZ

DIVORCÉ?

Il y eut un long silence pendant lequel Jess et sa grand-mère regardèrent *Sesame Street*, puis son père lui envoya une réponse :

TRÈS LONGUE HISTOIRE, TROP LONGUE POUR UN SMS. LIÉE À MES TROUBLES DE LA PERSONNALITÉ.

DÉGONFLÉ !

JE T'EN PARLERAI QUAND JE TE VERRAI. BON, EXCUSE-MOI, JE PARS VIVRE AU PÔLE NORD. C'ÉTAIT UNE BLAGUE. BON RÉTABLISSEMENT. JE T'AIME.

Peu après Sesame Street, Jess s'endormit et rêva que Kermit existait vraiment, qu'il faisait sa taille et que c'était un ami. À son réveil, elle se sentait désespérée.

Sa grand-mère s'affairait, s'asseyant deux minutes puis se levant pour lui préparer de délicieux petits sandwiches, comme si elle jouait à la poupée. Elle lut à Jess des articles sur des meurtres effroyables. Le temps passa agréablement jusqu'au retour de sa mère. Jess ne souffrait plus, mais elle se sentait encore si faible qu'elle pouvait à peine soulever la tête. Elle se rendormit et rêva qu'elle vivait avec un hibou dans une grotte en Inde. À son réveil, il était huit heures et demie du soir. Le spectacle devait battre son plein. Jess aurait dû être en train de faire son sketch, et elle était couchée sur le canapé devant un jeu télévisé débile…

Les vingt-quatre heures suivantes se déroulèrent à l'identique. Sommeil, beaucoup d'eau, rêves étranges, y compris un cauchemar où elle sortait avec Mr. Fothergill. Elle envoya immédiatement une plainte à la déesse des rêves en exigeant que, la prochaine fois, son amant secret soit Brad Pitt. Au milieu d'un cauchemar où elle avait trois yeux et de l'herbe qui lui poussait dans la main, le visage de sa grand-mère apparut dans le ciel.

– Jess, ma chérie, Flora est venue te voir. Avec un garçon. Peut-être que c'est Fred.

Les mains pleines d'herbe de Jess disparurent et furent remplacées par le salon. Elle lutta pour se redresser.

– Je les fais entrer ? demanda mamy. Tu te sens assez bien pour les recevoir ?

Au secours ! Couchée sur son canapé dans des draps trempés de sueur ! Avec un pyjama qui sentait le fauve ! Jess se passa la main dans les cheveux : un sac de nœuds. Quant à sa tête, allez savoir, elle ne s'était pas vue dans la glace depuis deux jours. Un record, mais aussi une catastrophe. Où en étaient ses sourcils ?

– Oui, oui.

Sa grand-mère se précipita hors du salon, et l'instant d'après, Flora entrait, non avec Fred, mais Ben Jones. Jess se sentit soulagée, mais aussi bizarrement déçue. Ils passèrent la tête par l'embrasure, comme s'ils étaient inquiets de la scène qu'ils allaient découvrir.

– Bienvenue dans mon marais, coassa Jess. Désolée pour l'odeur.

De toute façon, c'était foutu. Ben Jones ne sortirait jamais avec elle, surtout après l'avoir vue dans cet état.

– Ma pauvre ! s'exclama Flora. On t'a apporté du raisin. Ne t'inquiète pas, je l'ai lavé.

Sa grand-mère disposa le raisin dans un plat près du canapé, offrit un jus de fruit à Flora et à Ben puis se retira dans sa chambre. Flora et Ben s'assirent par terre, côte à côte. On aurait dit des jumeaux : tous deux blonds et beaux avec des yeux bleus identiques. « Ils sont faits l'un pour l'autre, se dit Jess. Ce n'est qu'une question de temps avant qu'ils s'en aperçoivent. Aucune importance. Je serai prête. »

– Alors, comment ça s'est passé ? grogna-t-elle.

– Génial ! annonça Flora. Le spectacle était formidable.

– Et le groupe ?

– Excellent ! Incroyable ! Tout le monde riait déjà avant même qu'on ait commencé. Rien qu'à nous voir ! Tu es géniale, Jess. C'est grâce à toi.

– C'est vraiment dommage que tu n'aies pas pu faire ton sketch, fit Ben. J'avais vraiment envie de voir ça.

– Une autre fois, lâcha Jess.

Il y eut un silence. Curieusement, mais indubitablement, un silence gêné. Peut-être que Flora et Ben sortaient déjà ensemble. Peut-être qu'ils étaient venus main dans la main. Peut-être qu'ils avaient échangé un baiser sous l'abribus pour se donner le courage d'annoncer la nouvelle à Jess.

– Il y a un problème ? demanda-t-elle.

C'était un peu dur de prendre l'initiative alors qu'elle était malade, mais il fallait bien que quelqu'un s'en charge...

« Allez-y, pensa Jess, dites-moi tout. »

Flora hésita et rougit. Puis regarda ses pieds. Une jolie mèche blonde balaya son visage. Avec un joli geste, elle la coinça derrière sa jolie oreille. Jess se mit à écrire le dialogue qui allait suivre.

« C'est que..., annonça Flora dans l'imagination de Jess. Ben et moi nous sommes rendu compte que... comment te dire ? Nous sommes... »

« Félicitations ! » répondait Jess.

Dans son imagination, elle était bien mieux habillée que dans la réalité. Ses cheveux, au lieu d'être aplatis et puants, brillaient de reflets sombres. Son nez n'était pas rouge et, par miracle, ne ressemblait pas à un énorme radis.

– C'est un peu gênant, en fait, dit Flora dans la vraie vie. Je suis vraiment désolée, Jess, je n'y suis pour rien.

« On y vient », pensa Jess en se préparant à les féliciter.

Flora rougit à nouveau et regarda le sol en se tortillant.

– Je ne pouvais pas refuser, c'est Mr. Fothergill qui me l'a demandé. Il m'a demandé de lire ton monologue en public. Il avait une copie du texte, il m'a dit que c'était vraiment dommage que ça soit perdu, alors il m'a demandé de le jouer.

Jess eut l'impression qu'un trou s'ouvrait à ses pieds et qu'elle y sombrait.

– Tu... tu as joué mon sketch à ma place ? demanda Jess d'une toute petite voix.

Ce n'était pas le choc auquel elle s'attendait : c'était dix fois pire.

– Je suis vraiment désolée, Jess. C'est Mr. Fothergill qui m'a présentée, il a dit que c'était regrettable que tu sois malade, mais qu'il trouvait ton monologue tellement bon que c'était encore plus regrettable d'en priver tout le monde. Ensuite, j'ai lu ton texte.

– Tout le monde était tordu de rire, reprit Ben. C'était génial. Et à la fin, pendant que le public hurlait, Mr. Fothergill a dit : « Applaudissons tout particulièrement Jess et souhaitons-lui un bon rétablissement. » Et là, tout le lycée t'a acclamée, hein, Flora ?

Jess fit semblant d'être heureuse et changea de sujet. Mais elle vivait presque une expérience de sortie de corps : elle s'entendait parler alors qu'elle était ailleurs.

Imaginer Flora jouer son sketch était en soi une

torture. Même si Jess s'en voulait d'en vouloir à Flora. Certes, elle avait pris un grand plaisir à écrire ce monologue, mais elle attendait aussi avec une grande impatience de le jouer devant tout le monde. Elle attendait ça plus que tout. Et elle en voulait à Flora de lui avoir volé la vedette. C'était plus fort qu'elle. Elle savait que Flora n'y était pour rien, qu'elle n'avait fait qu'obéir à Mr. Fothergill. Mais Jess lui en voulait quand même.

Au bout d'une demi-heure, sa voix s'enroua et elle se mit à tousser. Sa grand-mère annonça à ses visiteurs qu'ils devaient la laisser se reposer.

– Ne m'embrasse pas, fit Jess à Flora. Je ne veux pas te filer mes microbes.

Et ils partirent enfin.

– Quels adorables jeunes gens, fit sa grand-mère. Comme c'était gentil à eux de venir te remonter le moral.

Jess acquiesça. Même si elle n'avait pas du tout l'impression qu'ils soient venus lui remonter le moral. Elle avait plutôt l'impression d'avoir été dévalisée ! Elle remonta la couverture au-dessus de sa tête et observa le visage de celui qui ne la décevrait jamais, de celui qui lui serait à jamais fidèle : Raspoutine, son ours en peluche.

– Fais le guet, Raspoutine, dit-elle. Je risque d'avoir envie de pleurer dans la nano-seconde à venir.

Tous les sourcils que vous vous êtes un jour épilés vont repousser sur votre menton à quinze heures trente. 27

Jess retourna au lycée le lundi suivant. La première personne qu'elle aperçut fut Jodie, en train de lire un journal près de la grille.

– Ça y est, tu es guérie ! s'écria Jodie. Quel dommage que tu aies raté le spectacle ! Regarde, le journal du lycée vient de paraître !

Jess découvrit en gros titre :

FLORA BARCLAY EN VOLEUSE DE VEDETTE

Voleuse, c'était bien le mot. Jess dévora le compte rendu du spectacle écrit par Cruella. Le pseudo de Fred, évidemment.

« Flora Barclay a triomphé dans le spectacle du lycée, non seulement avec la parodie de groupe rock Cracheurs de Venin *mais aussi en volant au secours de sa meilleure*

amie, Jess Jordan, portée pâle, pour jouer son sketch à sa place. »

Suivait un récit de la présence d'esprit de Flora et de sa maîtrise qui se terminait sur la prédiction d'une brillante carrière « à la télévision, voire comme la nouvelle Gwyneth Paltrow ». Jess se sentit défaillir. L'article n'aurait pas dû la toucher à ce point, mais c'était plus fort qu'elle. Elle avait l'impression que son estomac s'était tout à coup empli de plâtre.

– Mon article sur l'écologie est en page 7, lui annonça Jodie, mais je t'en supplie, ne le lis pas, il est trop nul !

– Mais si, de toute façon, je vais acheter le journal, annonça Jess. En tant que militante écologique, ma mère voudra le lire.

Et elle disparut rapidement dans le lycée en craignant de croiser quiconque, y compris ses amis.

Toute la matinée, Flora flotta sur un petit nuage. Elle avait beau faire comme si de rien n'était, tout le monde venait la féliciter, la flatter, voire la supplier de sculpter son autographe sur sa peau à coups de ciseaux à ongles. En tout cas, c'était l'impression de Jess.

– Salut Jess, disaient-ils ensuite.

Quand ils remarquaient sa présence. À l'heure du déjeuner, elle n'avait qu'une envie : fuir. Elle chercha une excuse pour se retrouver seule, mais n'en eut même pas besoin.

– Jess? fit Flora d'un air bizarre. Ça t'embête si je vais voir Mackenzie? C'est important. Je te retrouve plus tard, d'accord?

Jess acquiesça. Tant mieux. Flora partit en direction du gymnase, et Jess gagna le coin le plus éloigné du terrain de sport où elle s'installa sous un arbre. Et entreprit d'arracher l'herbe tout autour sans parvenir à déraciner l'horrible sensation en elle.

Flora et elle avaient toujours été proches. Elles voulaient aller dans la même fac et partir vivre à New York où elles partageraient un appartement et auraient toutes deux des boulots très importants dans le spectacle ou les médias. Mais Jess commençait à comprendre qu'elle ne serait jamais qu'un faire-valoir, la copine moche et stupide qui vient assister à tous les enregistrements et garde le sac de la star pendant que celle-ci se pavane devant les caméras.

– Hé! Je t'ai cherchée partout!

Une ombre s'avança sur l'herbe. Jess leva la tête. Ben Jones. Le soleil brillait derrière lui, et elle distinguait mal son visage, mais ses cheveux semblaient dorés à l'or fin.

– Ça te dérange si je m'assieds avec toi?

– Pas du tout.

Ben s'installa. Il y eut un silence. Ça, il n'avait rien d'un grand bavard. Mais Jess non plus, pour une fois.

– Tu sais où est Flora ? demanda-t-il.

« Et voilà, c'est reparti, se dit Jess. Il pense sans arrêt à elle. Il est dingue d'elle. Qu'y puis-je ? »

Elle haussa les épaules :

– Elle m'a dit qu'elle devait parler à Mackenzie.

– Ah, fit Ben, l'air gêné. Ils s'engueulent beaucoup tous les deux. Apparemment, il l'énerve. Il faut dire qu'il est assez énervant...

Jess soupira. Pour elle, ça ne faisait aucun doute. Peut-être que pour Ben aussi. Flora en avait marre de Mackenzie et elle était amoureuse de Ben. De toute évidence, Ben ressentait la même chose. Il était sans arrêt en train de la chercher ou de parler d'elle. Mais si Flora cassait avec Mackenzie pour sortir avec Ben, ça allait chauffer entre les deux copains.

– On ne pourrait pas parler d'autre chose ? J'en ai marre de toujours ramener ces deux-là sur le tapis, fit Jess.

– Moi aussi, lâcha Ben, même si Jess savait que c'était faux.

Ils discutèrent du film d'Eminem et des différents films qui passaient en ville. Mais jamais Ben ne suggéra qu'ils aillent au cinéma ensemble. Jamais il ne proposerait à Jess de sortir avec lui. Inutile d'espérer. Jess était juste la pauvre fille qui gardait le sac de la star. Ben ne lui parlait que pour passer le temps avant d'aller rejoindre la déesse.

« Eh bien, bonne chance, se dit Jess. Je leur souhaite tout plein de bonheur. »

Elle se sentait vraiment préparée. Et lorsqu'elle vit Flora se diriger vers eux à travers le terrain de sport, elle se dit qu'elle aurait pu écrire la scène qui allait suivre.

Quand Flora s'approcha, Jess vit qu'elle pleurait. Aussitôt, Ben se leva. Typiquement masculin. Au premier signe d'émotion, ils décampent. Flora avait l'air en colère, aussi. Des larmes jaillissaient de ses cils dorés, et elle tremblait de tout son corps.

– J'ai cassé avec Mackenzie ! annonça-t-elle.

Ben sursauta et recula.

– Ah... Dans ce cas, je crois que je ferais bien de... À plus !

Et il partit. Histoire de laisser les filles en tête à tête.

Évidemment, il devait laisser à Flora le temps de tout raconter à sa meilleure amie. Observer un délai de carence. Mais il savait que son moment était enfin venu. À partir de maintenant, ça allait être dur pour Mackenzie, mais merveilleux pour Flora...

Laquelle le regarda s'éloigner, se moucha et se calma un peu.

– Ça a été horrible, dit-elle. On a eu une nouvelle

engueulade. Mackenzie veut toujours décider de tout. Exactement comme mon père. Depuis qu'on sort ensemble, il essaie de me dominer. Il est jaloux et ambitieux. Et l'article dans le journal l'a rendu furieux. Il me reproche d'avoir attiré tous les projecteurs sur moi et il m'a rappelé qu'au départ, le groupe était son idée.

– Et alors ? fit Jess. On n'a pas besoin d'eux. Ce sont juste des machos avec des egos monstrueux. Ils se comportent comme des petits rois. Tu seras bien mieux sans lui.

Flora resta silencieuse.

– Ouais, reconnut-elle. (Mais visiblement, elle avait autre chose en tête.) Écoute, Jess, il faut que je t'avoue quelque chose.

Et elle aussi entreprit d'arracher des poignées de pelouse. Dans ce coin-là du terrain, la terre serait bientôt à nu pour cause de débordement d'émotions.

– Quoi ? fit Jess, qui savait parfaitement ce qui allait suivre.

– Si j'ai cassé avec Mackenzie, ce n'est pas seulement parce qu'on ne s'entendait pas. Bien sûr, c'est une bonne raison. Mais en fait, je suis amoureuse d'un autre garçon.

– Ah oui ? Et lequel ?

Flora hésita. Des poignées d'herbe volèrent.

– Je suis vraiment désolée, parce que je sais qu'il

compte beaucoup pour toi. Mais on ne maîtrise pas ses sentiments, Jess. J'ai essayé de ne pas y prêter attention, mais c'est impossible. Plus j'essaie de l'oublier, plus je pense à lui.

– Ne t'en fais pas, fit Jess. Je m'en doutais.

– Vraiment ? fit Flora, les yeux écarquillés.

– Mais oui... Depuis le début, c'est évident que Ben n'en a rien à faire de moi. J'espère que vous serez très heureux ensemble.

Flora resta bouche bée. « On y est enfin, pensa Jess. Elle reste sans voix. Stupéfaite par mon intuition et ma générosité. »

– Mais Jess, fit Flora, tout à coup écarlate. Ce n'est pas Ben, c'est Fred !

Mercure rétrograde.
Les communications vont traverser une zone houleuse.
Votre portable aura envie de calme
et se mettra à murmurer. 28

C'était comme si l'univers de Jess avait volé en éclats. Les mots y prenaient un sens étrange. Le prénom « Fred », par exemple. Peut-être que Flora ne voulait pas dire ça. Peut-être qu'elle avait prononcé Ben, mais que Jess avait entendu Fred.

– Fred ? répéta Jess d'un ton aigu.

Les yeux de Flora allèrent rapidement du ciel à l'herbe, au tronc d'arbre, à ses genoux…

– Oui, Fred.

C'était au tour de Jess de rester sans voix. Flora et Fred ? Comme c'était étrange. Le cœur de Jess était agité de soubresauts, tel un chat prisonnier dans un sac. Flora flashait sur Fred ? Cela semblait incroyable. Jess se contenta de regarder son amie bouche bée, sans doute avec une tête de cabillaud sur l'étal d'un poissonnier. Flora tripotait nerveusement les bagues à ses doigts.

– Ça ne date pas d'aujourd'hui… Et ça n'a rien à

voir avec ce qu'il a dit sur moi dans le journal, dit-elle en rougissant à nouveau.

Bien que baissés, les yeux de Flora pétillaient. À tous les coups, les scarabées dans l'herbe étaient déjà amoureux.

– J'ai toujours bien aimé Fred. Il est si intelligent et drôle. Mais je refusais de me l'avouer, car vous étiez si proches, tous les deux. J'ai étouffé mes sentiments, tu comprends ?

Étouffé ses sentiments ! Ouah ! Quelle héroïne ! Qu'on lui donne une médaille !

– Bref, j'ai remarqué que ces derniers temps, tu passes beaucoup moins de temps avec lui, et puisque Ben et toi semblez bien vous entendre, j'ai fini par me dire que ça ne te gênerait pas.

La gêner ? Jess réfléchit à ce mot. Il était tellement éloigné de ce qu'elle ressentait qu'elle le comprenait à peine.

Jess savait qu'elle n'avait rien à dire. Fred ne lui appartenait pas. Ils ne se parlaient même plus. Mais elle savait aussi que si Flora sortait avec Fred, ce serait atroce. Jess pourrait manger tous les tapis du monde, déchirer tous les rideaux, briser toutes les vitres, cela ne suffirait pas à exprimer sa rage et son désespoir. Elle n'en revenait pas de sa colère. Une colère illégitime. Cette colère était comme un curry au piment relevé de sauce chili.

– Ben et moi ne sortons pas ensemble, déclara-t-elle. Je ne sais pas pourquoi tu t'imagines ça.

Les grands yeux bleus de Flora devinrent encore plus bleus et encore plus grands.

– Mais vous êtes tout le temps ensemble ! Tout le monde croit que vous sortez ensemble !

– Tu es ma meilleure amie, je te rappelle ! explosa Jess. Si je sortais avec un garçon, tu serais la première au courant ! Je te confie tout, n'est-ce pas ? Même si, apparemment, ce n'est pas réciproque !

– Je ne voulais pas te blesser, c'est tout ! Je savais que tu serais furieuse si je sortais avec Fred.

– Eh bien, sur ce point, tu peux être rassurée, fit Jess en tremblant. Je vous souhaite à tous deux d'être très heureux.

– Mais pourquoi tu es si dure avec moi ? se plaignit Flora.

– Je déteste que tu me caches des trucs, lâcha Jess entre ses dents serrées.

Ce qui était un mensonge. En réalité, Jess venait de comprendre quelque chose qu'elle devait à tout prix cacher à Flora.

– Alors comme ça, ça t'est égal ? insista Flora.

Jess hocha la tête. Flora la prit dans ses bras en s'exclamant :

– Oh, merci, Jess, tu es vraiment géniale ! J'avais tellement peur de te parler de Fred... Il est si intelligent, et je trouve qu'il a un nez trop mignon. Et puis, j'adore la façon dont ses cheveux retombent sur ses épaules.

– Je déteste ses cheveux, lâcha Jess. Je voudrais qu'il les coupe. Je lui ai dit des centaines de fois, mais il ne m'écoute pas.

– Il n'a jamais le temps, il est trop occupé. C'est un génie.

Jess se tut. Elle était trop énervée pour dire quelque chose. Elle avait passé des heures à se préparer à l'idée que Flora soit amoureuse de Ben. Sauf que jamais elle ne s'habituerait à l'idée que Flora sorte avec Fred.

– Je t'en supplie, Jess, aide-moi.

– Et comment? fit Jess d'une toute petite voix, comme du fond du trou où elle semblait tombée.

– Eh bien voilà... tu connais Fred. C'est un de tes meilleurs amis. Je me demandais si tu pourrais lui parler... le sonder, tu vois. Parler de moi, voir sa réaction. Et s'il semble intéressé, laisse-lui entendre que moi aussi, je l'aime bien...

Flora termina sa phrase avec des joues de plus en plus roses. D'un adorable rose. Jess était atterrée par la torture que représentait cette mission.

– Mais si tu ne veux pas, reprit Flora, je peux demander à Jodie.

– Non! s'écria Jess. Je m'en charge! J'irai le voir ce soir chez lui.

La cloche sonna. Le reste de l'après-midi fut noyé dans la brume des cours. Jess avait l'impression que son esprit était un papillon qui se cognait désespérément les ailes contre une vitre invisible sans trouver le moyen de s'échapper.

Elle quitta le lycée perdue dans ses pensées. Devait-elle aller tout de suite chez Fred ou attendre après le dîner? Manger, l'informa son estomac, était hors de question. Peut-être même ne mangerait-elle plus jamais. Dans ce cas, autant en finir au plus vite! Mais si Fred n'était pas encore rentré, elle se serait préparée pour rien...

– Jess!

Elle sentit une main sur son épaule. Pendant un bref instant, elle s'imagina que c'était Fred. Raté : Ben.

– Comment va Mackenzie? demanda-t-elle.

– Il est très mal. Prêt à tout pour la récupérer. Je lui ai dit que ça ne servait à rien, qu'elle ne changerait pas d'avis. T'en penses quoi?

– En effet, soupira Jess. Je ne sais pas si elle l'a dit à Mackenzie, mais elle est amoureuse d'un autre garçon.

– Ah bon. Et de qui?

Jess eut un petit rire amer.

– Un moment, j'ai cru que c'était toi. Je sais qu'elle te plaît, et je ne t'en veux pas.

Ben la regarda d'un air stupéfait.

– Moi ? lâcha-t-il. Flora me plaît ?

– Ce n'est pas le cas ?

– Mais pas du tout ! s'exclama Ben.

– Dans ce cas, pourquoi tu passes ton temps à parler d'elle et à me poser des questions sur elle ?

– J'étais inquiet pour Mackenzie. Il est un peu fou, tu sais. Il faut le garder à l'œil. Mais non, je ne m'intéresse pas à Flora. Pas du tout !

Un instant, Jess crut qu'il allait lui avouer qu'une autre fille lui plaisait. Sa façon de garder le silence, de ne pas oser la regarder dans les yeux... Quelques semaines plus tôt, elle rêvait que Ben Jones lui déclare sa flamme. Maintenant, cette pensée la terrorisait.

– Aucune fille ne me plaît, fit Ben. Pas dans ce sens. Je n'ai pas envie d'avoir de petite amie. Je ne suis pas prêt.

Jess se sentit terriblement soulagée.

– Tant mieux. Je ne voudrais pas qu'elle te brise le cœur après avoir brisé celui de Mackenzie.

– Aucune fille ne me brisera le cœur, affirma Ben. J'ai d'autres passions dans la vie.

– Tant mieux, répéta Jess.

– Alors, qui est l'heureux élu ? insista-t-il. Le garçon que vise Flora ?

– Fred.

– Oh non ! s'exclama Ben. C'est dégueulasse ! Elle n'a pas le droit !

– Et pourquoi ? bredouilla Jess.

Jess avait jusque-là pris Ben Jones pour un gars un peu attardé. Gentil, mais bêta. Et tout à coup, il semblait plus malin, bien plus malin que Jess, en tout cas.

– Fred et toi, vous êtes faits l'un pour l'autre, protesta Ben. Tu ne crois pas ?

– Pas vraiment. D'ailleurs, en ce moment, on ne se parle même plus. Et puis, quand Flora vise quelqu'un, il faut qu'elle l'ait.

– Et tu crois que Flora plaît à Fred ? demanda Ben d'un air dubitatif.

Jess poussa un soupir.

– À part toi, à qui elle ne plaît pas ?

– Donc ils ne sortent pas encore ensemble ?

– Non. Mais j'ai la charmante mission d'aller le voir pour aborder le sujet…

– Ouah ! Trop dur ! Bon courage, fit-il en lui passant le bras autour des épaules. Après, si tu as besoin de parler, appelle-moi, d'accord ?

Tout en se rendant chez Fred, Jess pensa que Ben était peut-être gay. Elle l'espérait, en tout cas. Elle avait toujours voulu avoir un meilleur ami gay. Mais elle avait toujours cru que ce serait Fred…

Dans cinq minutes, elle serait face à lui.

Pour l'épreuve de vérité.

Des Martiens vont débarquer dans votre jardin mais ils voudront juste parler football . 29

Le cœur battant, Jess s'immobilisa devant chez Fred. Devait-elle se jeter à l'eau ou revenir deux heures plus tard ? La voiture de sa mère n'était pas là, et Jess savait que son père rentrait bien plus tard.

Autant en finir tout de suite. Si elle téléphonait d'abord, il risquait de s'esquiver. Elle remonta l'allée et sonna.

Quand Fred la vit, il prit un air consterné. De toute évidence, la présence de Jess lui était hautement désagréable.

– Ça ne sera pas long, déclara-t-elle.

– Quel est le motif de cette visite ? Un assassinat ? demanda Fred. Vas-y, je le mérite.

– Ne fais pas l'idiot. Je veux juste te dire un mot.

– Un mot ? Que penses-tu de « anticonstitutionnellement » ? Très à la mode ces derniers temps. Même si j'ai tendance à le trouver un peu long.

– Arrête de vouloir me faire rire, espèce de crétin ! rétorqua Jess. C'est sérieux. Tes parents sont là ?

– Ma mère est partie s'occuper de ses chevaux de course et mon père aide la police dans son enquête sur le blanchiment d'argent au Panama.

– Alors laisse-moi entrer, si tu veux bien, grogna Jess.

Elle se dirigea vers le salon où, si peu de temps auparavant, Fred avait passé la nuit dans un sac de couchage devant des films d'horreur avant de s'endormir comme un bébé. Cela semblait maintenant à des années-lumière. Jess avait adoré cette nuit-là. Elle avait eu l'impression de faire partie de la famille. Ce serait désormais le privilège de Flora de passer la nuit dans le lit de Fred… Dans le pyjama sacré…

Ils s'assirent sur deux canapés différents.

– Tu veux boire quelque chose ? offrit-il.

– Non merci. Et je n'ai pas envie de regarder de film d'horreur.

– Moi non plus. J'en ai un peu marre. Pour être honnête, je préfère les films d'auteur français. En VO. *Amélie Poulain*, c'est vraiment génial. Je l'ai vu sept fois. Elle te ressemble un peu, tu sais.

N'ayant pas vu le film, Jess ignorait si c'était un compliment ou une insulte. Aucune importance. Cela faisait bizarre d'être là avec Fred, comme au bon vieux temps. Elle eut envie de renoncer à sa mission. Impossible. Elle l'avait promis à Flora.

Il y eut un silence pendant lequel Fred la dévisagea. Elle se sentit nerveuse. Elle était tellement concentrée sur sa mission qu'elle ne faisait attention à rien d'autre. Venait-il de lui poser une question? Elle se mit à l'observer. Il repoussa les cheveux qui lui tombaient dans les yeux et fit un sourire crispé.

– Désolé, dit-il.

– De quoi? fit Jess.

– Je ne sais pas. De tout. Je m'excuse toujours auprès des gens, juste au cas où je leur aurais causé des ennuis pendant l'un de mes voyages intersidéraux.

– C'est moi qui devrais m'excuser.

– Non, moi, insista Fred. Je suis désolé, d'accord? Vraiment désolé. Voilà.

– Et moi, je suis désolée d'avoir gâché la fête d'anniversaire de ta mère.

– Aucune importance, dit Fred en rougissant.

– Je t'ai raconté que j'étais malade, reprit Jess, alors qu'en réalité je m'occupais de ma grand-mère. Elle avait laissé le robinet de la cuisine ouvert, il y avait de l'eau partout, j'ai dû tout éponger, je n'ai pas vu passer le temps, et...

– Aucune importance. De toute façon, ma mère avait la migraine, alors on a remis la fête aux grandes vacances.

Jess fut ravie de cette nouvelle. Elle allait donc

pouvoir faire un cadeau à la mère de Fred! Et avec son argent, cette fois.

– Alors comme ça, tu n'es pas furieux contre moi? demanda Jess.

– Je croyais que c'était toi qui étais en colère contre moi. Je voulais te demander d'écrire un article pour le journal. Tu es la première personne à qui j'ai pensé. Je t'ai même appelée, mais c'est ta grand-mère qui a répondu. J'ai eu si peur que je me suis dit que je te verrais au lycée le lendemain. Ensuite, je n'ai jamais trouvé le bon moment...

– Hein? Et pourquoi ça?

– Tu sais bien... (Fred avait l'air un peu bizarre.) Il faut garder ses distances avec les amoureux...

– Les quoi? demanda Jess, dont le cœur se serra. Avec qui tu sors?

Fred prit un air éberlué.

– Moi? fit-il en adoptant la position d'un sergent, les mains sur les hanches. Moi? Sortir avec quelqu'un? Un extraterrestre? Un chou chinois, peut-être?

– Je croyais que tu parlais de toi en faisant allusion aux amoureux, expliqua Jess.

– Non, je parlais de toi! dit Fred d'un ton très patient, comme s'il s'adressait à un très jeune enfant ou à une personne âgée qui perd un peu la boule.

– Moi? souffla Jess. Mais je ne sors avec personne!

– Et Ben? s'étonna Fred. Tout le monde pense que vous sortez ensemble. Vous quittez le lycée ensemble, vous vous asseyez ensemble à la bibliothèque, à la cantine... Et Whizzer a dit que l'autre jour, le jour de l'anniversaire de ma mère, Ben était chez toi.

– Pour cinq minutes! Il est passé m'apporter un film. Que je n'ai même pas envie de regarder, mais je ne voulais pas être impolie. Je ne l'ai même pas fait entrer.

– Alors comme ça, tu ne sors pas avec lui? demanda Fred, les yeux pétillant de joie, tout à coup.

– Bien sûr que non! Il me parlait beaucoup parce que Mackenzie passait son temps avec Flora. On avait tous les deux du temps libre, c'est tout.

– Ah.

Il y eut un nouveau silence. Un peu plus détendu que le précédent, mais aussi plus lourd de sens. Jess s'efforça d'y mettre un terme. Il fallait qu'elle remplisse sa mission.

– Mais les choses ont changé, parce que Flora a cassé avec Mackenzie.

– Ah bon. Et alors?

Jess hésita. L'heure de la terrible révélation était venue.

– Flora dit qu'elle ne peut plus sortir avec Mackenzie parce qu'elle est amoureuse d'un autre garçon.

Fred haussa les épaules et fit une grimace de singe.

– Fred, c'est avec toi qu'elle veut sortir.

Les yeux écarquillés, il partit en arrière sur le canapé, comme si on venait de lui tirer dessus. Pour une fois, il restait sans voix. Il se contenta de regarder Jess bouche grande ouverte.

– Ouais, reprit Jess. Apparemment, ça fait un moment qu'elle craque pour toi. Elle pense que tu es un génie.

Fred secoua la tête, se frotta le visage, puis grogna à l'intention du tapis.

– Mais c'est absurde ! Je n'ai pas envie de sortir avec une fille qui pense que je suis un génie. Je préférerais sortir avec une fille qui... (Il jeta un coup d'œil à Jess à travers son rideau de cheveux) qui pense que je suis un hibou. Un animal qui arrache la tête des rongeurs la nuit.

Le cœur de Jess jaillit par sa bouche, effectua un petit tour dans le salon de Fred, rebondit sur la vitre et réintégra son corps par les oreilles. Fred venait-il de dire qu'il voulait sortir avec elle ?

– Es-tu en train de dire que... tu as envie de sortir avec moi ?

– Ouais, pourquoi pas ? Rassure-toi, ce n'est pas une demande en mariage. Ce n'est pas mon genre, fit-il très vite.

– T'inquiète pas, moi non plus. Je préférerais me perdre dans le désert de Gobi et être livrée aux suricates plutôt que me marier avec toi.

– Tout à fait d'accord. Je préférerais être plongé dans un bain de friture et me faire dévorer que d'être marié à toi ne serait-ce qu'une seconde.

– Dans ce cas, tout est très clair.

Il y eut un autre silence. Délicieux, cette fois.

– Il y a quelque chose que je voulais te demander depuis longtemps, fit Fred, dont les yeux allaient dans tous les sens.

– Quoi ?

Il attrapa un coussin qu'il serra contre lui.

– C'est un peu dur à dire... Ça tient en quelques petits mots.

Jess était sur ses gardes. Peut-être que c'était une blague. Ou le plus heureux moment de sa vie jusqu'à présent.

– Quels mots ? demanda-t-elle. « Chez le coiffeur » ?

– Non. Coupe-moi les cheveux.

– Te couper les cheveux ? Cela fait mille ans que j'ai envie de te couper les cheveux ! Mais d'abord, il va falloir les laver !

Ils montèrent à la salle de bains et examinèrent le rayon de shampooings de la mère de Fred.

– Quelle est ta nature de cheveux ? demanda Jess.

– Emmêlés et pas lavés depuis des décennies, répondit Fred en s'asseyant sur un tabouret. Juge par toi-même.

Jess lui toucha les cheveux. Qui étaient doux et propres. Il les avait lavés la veille. Mais elle ne dit rien. Elle avait trop envie de s'en charger.

– Je te conseillerais le shampooing à la noix de coco et à la cannelle.

– Alors vas-y, dit-il en inclinant la tête au-dessus de la baignoire. La pomme de douche est cassée, il faudra les rincer avec un verre.

Jess s'assura que l'eau était à bonne température, chaude mais pas trop. Avec beaucoup de tendresse, elle lui mouilla les cheveux. Puis elle appliqua le shampooing et rinça en faisant couler des torrents d'eau sur ses longs cheveux, verre par verre. Au milieu du rinçage, Fred lui passa le bras autour de la taille.

– Excuse-moi, j'ai un peu peur de l'eau, expliqua-t-il.

Quand Jess eut enfin terminé, ils redescendirent, Fred avec une serviette sur les épaules comme un boxeur.

– Il vaut mieux que je te les coupe dans la cuisine, où il y a du carrelage, dit-elle. Dans le salon, tes cheveux vont s'enfoncer dans la moquette.

– C'est ça que j'aime chez toi, dit Fred. Tu es si pratique…

Ils allèrent dans la cuisine. Fred s'assit. Jess trouva des ciseaux et posa un grand miroir sur la machine à laver.

– Quelle coupe veux-tu ? demanda-t-elle.

– À ta guise, dit Fred avec entrain. J'en ai marre des cheveux longs. Le plus court possible.

Jess n'avait jamais coupé de cheveux, mais ça n'avait pas l'air très compliqué. À mesure que les mèches tombaient, la tête de Fred émergea. Avec des contours nets et précis. Fred sous son vrai jour. On aurait dit que toutes ses petites manies de vieux garçon tombaient en même temps que ses cheveux. De même que les moments pénibles entre eux...

– Tu sais ce que demandent toujours les coiffeurs ? demanda Jess. « Et où partez-vous en vacances ? »

– Eh bien, j'hésite entre Auschwitz et les Seychelles. Mais un banc dans le parc fera tout aussi bien l'affaire. (Un été dans le parc avec Fred... le rêve.) J'aimerais aussi écrire une comédie avec toi. Ton sketch était hilarant. Joue-le-moi. Maintenant.

– Pas question ! C'est un spectacle de la saison dernière. J'ai beaucoup évolué, depuis.

– Bon, d'accord. Mais si on écrivait un truc tous les deux ? Toi et moi ?

– On pourrait imaginer l'histoire d'un vieux couple, Doris et Arthur. Tu pourrais jouer Doris, et moi Arthur.

– Et si on faisait un voyage ?

– On pourrait aller voir mon père à Saint-Ives ! Car j'ai un autre projet, c'est de découvrir pourquoi mes parents se sont séparés.

– Moi, c'est de découvrir pourquoi les miens ne se sont pas séparés, soupira Fred.

La coupe de cheveux était terminée.

– Mon Dieu ! Tu ressembles à Eminem ! s'exclama Jess.

– On se calme. D'accord, tu te sens coupable pour le hibou, mais pas besoin d'en rajouter !

– Je peux te caresser la tête ?

– Je t'en prie, fit Fred.

Jess s'exécuta. On aurait dit un animal en peluche.

– Si tu continues, dans une minute je ronronne. Et si tu ne me fais pas ça tous les jours, je vais être en manque.

Jess passa ses bras autour des épaules de Fred. Fred lui attrapa les mains et les posa sur son cœur, que Jess sentit battre à toute allure. Elle posa sa tête contre la sienne. Ils se regardèrent dans le miroir.

– Quel drôle de couple, lança Fred.

Ils restèrent comme ça longtemps, à se sourire dans le miroir. À leurs pieds, les cheveux de Fred brillaient dans les rayons de soleil. L'été s'annonçait génial.